ダッチワイフ

sex doll

紙礫

11

抱かれて死すとふ至福遺されて恋ふのみ荒野のダッチ・ワイフは

——黒田和美『六月挽歌』

目次

竹夫人

角田竹夫

竹夫人——
蛇體のつめたさに——涼しさに
私は良く眠り　よく喰む。

ああ　ああ　ああ
しかし寝床は飢えてゐる
こんな竹籠がどうなるものか。
暑い盛りの涼しいステッキだが
燃える愛棒のしまい所がありやしない
抱いて　抱いて　抱いて
竹夫人よ

多摩川の堤のあの蛇籠のやうに
私はお前から去にたい。去にたい。

吠える性欲のくぼみを凹んだ竹夫人よ
此場所は渭水のほとり
唐美人の瓔珞《ようらく》のふるへだ。

竹夫人——
蛇體のつめたさに——涼しさに
私はよく眠り　よく喰む。

和蘭妻《オランダづま》——ダッチ・ワイフ——

丸木砂土

　朝飯がすむと、みんなホテルの庭へ出た。赤い花の咲いた合歓の木の下に、白いベンチがあって、広々した芝生の真中に、和蘭式の昔の大砲が、飾物に据えてある。その向うは、彼南湾《ペナン》の青い海である。

「どうだい、寝られたかい、昨夜《ゆうべ》は」

「驚いたね、このホテルは……昨夜《ゆうべ》風呂に入ったら、どうだ、変な虫が壁の隅を這って来たと思ったら、蝎だぜ」

「蝎って……あの蛇蝎の蝎か」

「一つ噛まれてみ給え、命懸けだぜ、本当に」

「命懸けって言えば、この間の方が、余っ程命懸けさ」

「あはは、全くさね」

と商工省の若い美男の技師が言い出した。

　この連中の乗った欧洲行の汽船は、海上で火事を出して、やっと応急の処置をしながら、火を船艙の中へ追い込み、燃えながら一昼夜を、この新嘉坡《シンガポール》に近い彼南港まで、昨日逃げ戻ったのである。船はそこで修理をしなければならない。船客の連中は、仕方なく船の修理の出来るまで、この馬来《マレー》半島の熱帯の町のホテルで、待たなければならなかったのである。

昨夜《ゆうべ》は、このホテルの第一夜で、今丁度朝飯が済んだ処だ。そこで、

「もうよそうよ、そんな話は……思い出してもぞっとするよ」

と一人が言ったが、誰も耳に懸けない。

「とにかくボオイ達が、ボオトを半分降ろしたからね」

「あんな陸《おか》から遠い海の上で、ボオトを降ろしたって、とても助かるもんか」

「あの何とか式の浮き袋は、十六貫の人間が二十四時間浮ぶだけだとさ」

「いけねえ、僕は十八貫だ」

と大きな声を出したのは、偉大なる体格の婦人科医である。

「あんなものがあったって駄目さ。鱶が来て、がぶりだ」

「陸《おか》へ上がってみたら、腹から下が無かったってね」

「我輩はね、事務長が言ったろう、万一の場合には、スマトラの何とか島に着けるからって。だからこう考えたんだ。どうせ南洋の熱帯の島なんだから、毒蛇がいるだろうと思ったからね、足首を嚙まれると大変だと思って、穿いてた半靴を脱いで、編上げに穿きかえたんだ」

「あははは、そいつは頭が好いや」

とみんな一斉に笑い出した。

　ホテルの庭の海に面した磯には、南洋独特に、椰子の木が斜めに並んで生えている。実も重そうである。その椰子と扇芭蕉の間から、この連中の寝る部屋の、大きな窓が見える。駒鳥の声が頻りに聞える。日がそろ〳〵暑くなってきて、海の色は愈々濃く、風も微に吹いて来て、朝から眠くなりそうである。

　島へ上ると蛇がいるから、編上げ靴にしたというのは、某県の内部部長だけに、甚だ用心がいい。同君は髭をひねりながら、

「我輩はだね、兎に角万一の場合には、第一が水、第二が食料だと思ったからさ、折鞄《トランク》の中のものを、一切ぶちまけて、含嗽の薬瓶のうがいを捨ててしまって、それへ飲料水《のみみず》を入れたんだ。その瓶と、それから食いかけの田村屋のせんべいの鑵があるだろう。そいつを折鞄《トランク》の中へ入れて、ボオトの処へ駆けつけたのさ」

「さすがは内部部長だよ。某県大震災という用意だ」

「然しあの火が帆布にうつって、ぱっと炎が燃え上った時は、おれも観念したね」

「通風筒から、物凄い焔が出たからな」

「何でも西洋人は、盛んにSOSを打てって、事務長に迫ったそうだぜ」

「あの火が船室の方へうつって見給え。めら〳〵と火がペンキに移って、あんな古い船だもの、一嘗めにやられるよ」

「ペンキが何度も塗って、厚くなっているからな」

「ボオトへ乗り移たって駄目さ」

「あんな大勢がボオトへ乗れるもんか」

「セルロイドでも積んでいて、そいつが爆発したら、一息でお陀仏よ」

「そう思うと、こうして今朝陸《おか》にいられるのが、有難い訳ですね」

と静に言って、目をつぶったのは、大学の若い教授である。強度の近眼鏡がきらりとする。

「もうよそう、よそう。そんな不景気な話は」

「だがこの間も佛蘭西《フランス》の何とか言うジイゼル船が、新造して間もなく綺麗に焼けてしまったぜ」

「おれ達の船だって、船艙が二つも焼けながら、一昼夜半走ったんだからね」

「やっぱり私の家内が、瞞されたと思って、水天宮のお札を持って行《ゆ》けと言った訳が分りましたよ」

と大学の先生。

「あははは、思い出しましたね」

「先生は、御新婚間もなくっていらっしゃるんじゃありませんか」

「いや、そうでもありませんが」

と少し照れると、一人がすかさず、

「女房の有難味は、こうなると分るね」

するともう一人が唸った。

「あゝ、早く日本へ帰りたいなあ」

「同感だっ」

「何ですね。まだ新嘉坡を一寸越したばかりじゃありませんか。今からそれじゃ困りますね」

と温厚な学会出席の老医学博士が笑った。

「女房」と言う言葉が出ると、さすがにみんな一寸黙ってしまった。何度話を変えても、きっと話は、この二三日来の船火事の恐怖心ばかりであった。そこへ「女房」「家内」という言葉が出たので、又々滅入り込んだのである。

ホテルの食堂の前には、ヘタパンの白い花が咲いている。葉が枇杷に似て、古い幹に青い苔が生えている。その下に唐美人《からびじん》でもいたら、支那の古い絵に成りそうである。その花の向うに、回々教風のクリイム色の円屋根が見える。

「女房で思い出したんだが」

「ははあ、あれじゃないか」

とすぐ応じたものがある。

「何だ。何だ」

「昨夜《ゆうべ》のあれだろう」

「あははは」

「あいつの使用法、分っていたかい」

「おい、何だ、何だ」

「あははは」

「何だよ。教えろよ」

「君の部屋にもあったろう」

「僕の部屋にもって、何だい」

「あの、そら、寝台の上に、枕の外に、いやに長細い、軟かくって、ぐにゃ〳〵した、枕のようなものがあったじゃないか」

「あれ、枕じゃないのですか」

と大学の先生が、近眼鏡を向けた。

「君は、どういう風に使用したね」

「僕ですか」

「あははは」

とみんなも訳なしに笑い出した。一寸船火事の話は遠のいた。

成程昨夜《ゆうべ》このホテルへ入ると、廊下から一段高くなった、桟敷のような、薄暗い、扉《ドア》の無い部屋の中に、白いふわ〳〵した紗の蚊帳を吊した寝台があった。その向うの窓を通して、サオの木が青々と茂り、裏通りの赤黒い瓦の屋根が、夕空に絵葉書のようである。

それはいいが、問題の寝台の上には、白い紗の中に、静に横にころがっている、長枕のようなものがあった。

「あれ、枕じゃないのですか」

ともう一度大学の先生が奇妙な顔をした。

「困ったね、あれを知らんでは、大学の先生が」

「いや、私も考えましたがね、あの通り開け放しの、戸締りのない部屋でしょう。風通しはいいから、これはきっと腹を冷やさないようにするもんだと思いましてね」

「それでどうしました」

「仰向いて、腹の上へ載っけて寝ましたよ」

「あの長細いやつを、こう横にして、腹へ載っけてか」

「あははははは」

「又僕は、足を乗っけるものかと思ってね、両足を行儀良く載せて寝たよ」と言ったのは、某高等官だ。

「どうも君達は、無粋で困るね。あいつはつまりその……腰の台じゃないか」

「え、本当ですか」

「そうかい、君」

と一斉に、そう言った婦人科医の方へ顔を向けた。

「そんなら尚更用はないや」

「莫迦にしてらあ」

「少しその説は、おかしいなあ」

「あははは」とその婦人科医は笑い出して、

「いや、僕は商売柄そう解釈したのさ……おい〳〵、あちらから御婦人達《れん》が見えたから、言葉を慎むべしだぞ」

向うの椰子の下に、子供達を朝の散歩に連れ出した、婦人客の明石の姿や淡紅色の服が見えて、子供が石垣に登って、海の水を覗き込んでいる。

そこへ一人遅れて、煙草をふかしながらやって来たのは、南洋通の某商事会社の中年の社員だ。

「やあ、大先輩が来た……先生に訊いてみれば、すぐ分るよ」

「何だ、何だ、面白そうに」

「実は今ここで大問題が起っているんだよ……昨夜《ゆうべ》寝台で発見したものさ」

「何を発見したんだ」

「あの長枕さ」

「玄荘皇帝鶴の枕だ」

「あれかい、なあんだ」

と社員君は、一向面白くもないという顔で、

「君達、誰も知らんのかい、あれが何だか。困った連中だね……あれが南洋名物のダッチ・ワイフ、和蘭妻さ。あれは南洋で、何処にもあるよ」

「あるのはいいが、訊きたいのは、その使用法だよ」

「使用法かい……何でもないさ。あれはつまり抱いて寝るように出来ているんだ」

「抱いて寝るんですか」

と目を円くしたのは、例の大学の先生である。

「ふわ〳〵して、軟かくて、丁度抱いて寝るように出来ているるじゃありませんか。そうすれば腹も冷えんし、第一その方が涼しいんだ」

「ははあ、成程分った。朝鮮で使う竹製の唐美人というやつだな」

「日本にも、竹婦人というものが昔あったじゃないか。やはり竹で拵えた……俳句の題にありますよ。あれだな」

と鹿爪らしい顔をしたのもいた。

「僕なんか、昨夜《ゆうべ》は腹を冷すといかんと思って、お隣の寝台にあいているやつを持って来て、腹と背中へ当てたもんだ」

「御丁寧極まる」

「腹背に迫るダッチ・ワイフか」

「あいつを抱いて寝ると、涼しいのか」

「あああ」と思わず嘆声を発した一人がいる。

みんなは一度に笑い出した。

「これが彼南でなくて、新嘉坡だと、まだ好いんだがなあ。この町ときちゃ、何処を見ても真黒な奴ばかりだ」

「又、早く日本へ帰りたい、か」

「夫の貞操を守らんと、女房に相済まんが……」

「そこでダッチ・ワイフに想いを寄せるか」

するとー人が、いきなり、

「いやに暑くなってきやがったなあ」

合歓の葉を透かして、金色の熱帯の日光が、強烈に射してきた。沖を真白な汽船が通ってゆく。

「それより、君、僕は昨夜《ゆうべ》発見して来たぜ」

「へえ、何かあるかい」

「相変らず早いもんだ」

「実はこのホテルの前を真直に行《ゆ》くとね、活動写真の前へ出るんだ。その隣に、大阪屋って、日本人の雑貨屋があるんだよ」

「一体君は、いつそんな処を探検したんだ」

「探検じゃないよ。昨夜散歩したのさ。その大阪屋に、色の白い娘がいるんだがね、丈高からず低からず、顔円からず長からず」

「南洋じゃ美人か」

「その君の鑑識眼がどうかね。標準が大分下っているからね」

「何にしても、まわりは馬来と印度だ。話半分でいいよ」

「いいや、そう莫迦にしたもんじゃない。中々好か」

と不意に葉芭蕉の蔭から乗り出したのが、欧米視察の某将校である。

「へえ、あなたもいつの間にか行ったんですか」

「将校斥候じゃや。わははは」

「さすがに早いもんですね」

「いや、実は我輩万年筆を落したんで、その代りを買いに行ったんじゃ」

「なにも上陸早々行《ゆ》かなくったって、好さそうなものだ」

「万年筆まで売っていますか」

「我輩実はその大阪屋の店内で、万年筆を落したらしいんじゃ」

「なあんだ。そんなら又拾いに行《ゆ》くんですね」

「僕が拾って来てあげますよ」

「僕も行《ゆ》く」

「そんなにあわてんでいい。あの娘が拾っておいたかも知れん」

「相当なもんじゃ」と口調を真似た者がいる。

「あははは」

「年はいくつ位ですね」

「君も興味を起したね。さあ、年は二八か二九からぬ」

「本当ですか。おばあさんじゃありませんか」

「莫迦言い給え。丸ぽちゃで、目許に愛嬌があって、歯が白くって」

「酋長の娘じゃあるまいし、人は食うまい」

みんなは一寸黙ってしまったが、一人が

「こうしていても退屈だ。そう承ると、一つ何か買物にでも行《ゆ》くか」

「そうだね、歯磨と楊子でも買うか」

「おれも、ちり紙はまだあったかしら」

「僕も行《ゆ》くとするか」

「船の修繕は、一週間かゝるとさ」

「その間、大阪屋通いと決めるか」

「ダッチ・ワイフから、大阪屋の娘さんに飛ぶかね」

「まあ暇だ。行ってみようよ。絵葉書位買やいいさ」

「日本の女のマッサァジもあるそうだぜ」

「そいつは拾い物だ。船火事で大分肩が凝ったからな」

「何とか理屈をつけてやがる」

「まだ日本の御婦人が五六人いるそうだ、土人相手に」

「そいつは堪らん。さぞコブラ臭いだろう、気の毒な事だ」

「大阪屋へ行《ゆ》くと、案外店の品物で、一番好いのは、その娘だけじゃないかね」

「文句は言わずに、さあ押し出そう」

「まさかその娘は、売物じゃあるまい、可哀想に」

「そこは諸君の腕次第」

「と決まったら、行《ゆ》くべし、行《ゆ》くべし」

「それにしても、愈々暑そうだなあ」

「なあに、馬来の人力を飛ばすさ」

「豪勢なもんだ」

「さあ、行《ゆ》こう、行《ゆ》こう」と急にベンチは空になった。みんなぶらぶらと庭から玄関の方へ出かけた。

残ったのは、某将校一人である。悠々と白ベンチに、大きく股を展げて腰かけて、白服のポケットから、買ってきたばかりらしい「彼南ガゼット」を取り出し、老眼らしく遠く持ってきて、

「なに、北京《ペーピン》電報、熱河戦線に日本軍大敗、六千人殺されて、二千人武装解除、じゃと。わははは」

その大きな笑い声に、庭掃除に来ていた、箒片手に裸足の印度人が、その笑った大きな口を見て、吊られて一緒ににやく〳〵と笑った。間の延びた鶏《にわとり》の声が聞える。ヘタパンの花の甘い匂いがする。将校君は、いつの間にか心持よさそうに、顔を太陽に照らされながら、ベンチで居眠りし出した。椰子の葉が、そよとも動かぬ位に風がない、すると気味の悪い大きな熱帯の赤蟻が一匹、居眠りしている人の白ズボンを攀じ登り初めた。

竹夫人

井上友一郎

タケフジンではない。チクフジンである。わたしは、そのチクフジンというものを実は永いあいだ知らずにいた。誰に訊いても、まだ見たことがないと云い、気まぐれに古道具屋も覗いてみたが、この節そんな出物はありませんなと冷笑された。しかし、辞書にはちゃんと出ている。日本国語辞典によると、夏時暑さを避けるために抱いて寝る竹製の籠、とある。そうしてその言葉の用例に、蓼太句として「青きより思い初めけり竹夫人」と書き添えてある。無学のわたしは、この蓼太なる俳人が果していつ頃の人かは知らない。けれども、日本国語辞典にわざわざ引いて掲げる以上、このチクフジンというものが、嘗てとにかく存在したことは確かである。

わたしは何となくその現物を一度見たいものだと思った。別に直接手に入れて愛用したいわけではないが、それが単に辞書の世界で漠とした存在を続けているのを慊りなく考えた。しかし、やはり無いものは無い。わたしが幾ら慊りなく思っても、その現物に接することが出来ない以上は、それは依然としてわたしには空想の世界に過ぎぬのである。そういうわけで、わたしはその後も仕方なく古い辞書などを弄っていたが、あるとき眺めた漢語辞典に、東坡志林「俗以㆓竹几㆒為㆓竹夫人㆒」＝青奴・竹夾膝、というような説明が見附かった。してみると、これは支那にも昔からあったわけで、竹夫人とも竹奴とも云うのである。ちょうどフランス語のどの名詞にも殆んど男性女性の別があるように、支那では、これを男が抱けば竹夫人で、女が抱くと青奴とでも云うのだろうか……。

　重い、ずっしりした漢語辞典を膝に置いて、わたしはその種の空想に僅かに自身を慰めていたけれど、実はそれも四五年まえのことである。わたしはその後間もなくして支那へ行った。そうして支那で、初めてその竹夫人というものを看た。昭和十三年の秋のことで、事変の戦況を基準にいえば、ちょうど漢口攻略戦の始められた頃であった。

　わたしは先ず上海へ着き、上海の呉淞路で明星公司という雑貨屋を独力経営している学校時代の岡田に会い、この岡田の語るところによって、やはり旧知の福富が杭州にいることを知った。岡田は学校では政治経済を専攻したが、福富は国文科である。そうして国文を学ぶ傍ら漢文をやり、漢文についての興味が募って、何でも支那語の講習などに通っているという話を聞いていたが、そんなことから自ずと支那へ来るようになったのにちがいない。もっとも、福富という人間は、もともとが満洲の生れである。こまかい事情はわたしも耳にしていなかったが、何でも両親が満洲の奉天にいて、学生時代の初め頃には、夏の休暇によく奉天へ帰って行った。その後間もなく両親に死に別れ、一時は京都の親戚に身を寄せるという噂もあったが、それが果してどうなったのか、実はこのとき上海で岡田に会うまで、わたしは福富のことなどは忘れていたのだ。

「どうだい。ちょっと逢ってみるか」と岡田が云うので、

「うん、逢おう」と気軽に答えた。

「それじゃ一つ、杭州まで足を延すか。それとも電報打って、先生をこっちに呼んでみるか?」

「杭州へ行ってみるさ」と、わたしは云った。

「そうかい。それや君も、先きが急がねば杭州もちょっと見ておいたほうがいゝな。何しろ先生は、事変以来、軍の仕事をやっているし、現に杭州の報道部にいる筈だから、むこうへ行っても相当の便宜供与はやってくれるよ」

　そこで連絡を岡田に頼んで、とにかくわたしは杭州へ出かけて行った。むろん今なら岡田と同行したにちがいないが、その頃の上海杭州間の列車は、軍の直接運転するところで、余程の用件がない限りはこの列車への便乗許可書というものが貰えなかった。しかし当時のわたしは従軍を目的とする新聞社の特派員だ。社の命令では漢口作戦の視察であったが、もちろん杭州であれ蘇州であれ、途中何処へ寄り道しても差支えないのである。わたしはその日、朝早く上海を発ち、蒸暑い午後になってようやく杭州の駅に着いた。重い荷物はあらかた上海の宿へ置いてきたが、それでも見馴れぬ停車場の建物を出てゆくと忽ち汗がべっとりと背筋に滲んだ。群がってきた黄包車の車夫の一人に、報道部のところを告げて殆んど足をかけて乗り込もうとしているところへ、突然青い支那服を着た小柄な男が、

「よう」と云って、ふと眩しそうな瞳をしながら近付いてきた。

「福富君かね？」と思わず云うと、

「うん、福富だよ」

やはりそうだ。わたしは急いで乗りかけた車を断わり、そうして改めて楊柳の並木の影でその福富と向い合ったが、別に何というわけもなしに、何だ、これが福富だったのか、というような索然たる気持を覚えた。永いあいだの疎遠にもよるけれど、その支那服の福富は何となくわたしにとって再会のよろこびというものを与えなかった。

わたしは古い記憶を追いながら、学生時代の福富がやはりこんなに重苦しい、憂鬱な男だったかな、と改めて考え込んだ。実際その日の福富は億劫そうで、見るからにのっそりしていた。

「わざわざ出迎えにきてくれたのかい」と、わたしは云った。

「うん。上海の岡田から電報を寄越したから」

「そうか。それは済まなかったな」

わたしは福富の案内で、早速二台の黄包車を連ねながら杭州の街に入った。思いのほかに大きい街だ。幾つも通りを横切って、間もなく車は青々とした楊柳に囲まれた湖のほとりに出た。四湖である。湖そのものも美しいが、その湖の岸へ出たので四辺の山々が一望のうちに入り、薄ぼんやりと轡気を湛えた山肌は、ふとわたしの疲れた眼には内地の京都を思い出させた。

福富のいる報道部はその湖の岸に臨んだ、小ぢんまりした支那家屋である。もとは何でも省政府か市政府とかの役人の邸宅で、母屋を裏に突切って庭に出ると、植込みの透き間から西湖の水面がキラリと光った。その水面に突き出して、ちょうど浮見堂か何かのように小さな離れが建てゝあった。わたしが最初に腰を降ろしたのはその離れだが、入った途端にふと奇異な感じを受けた。というのは、その小さな浮見堂のような離れの部屋は、床、天井、押入などが悉く日本式で、しかも座敷は古いながらも純粋の畳である。

「おや、これや日本人が建て増したのかい」と眼を円くして訊ねると、

「いや、僕も最初はそう思ったが、実は物好きな支那人が建てたそうだ」と福富は微かに笑った。

「ほう。それは相当な親日家だね」

「親日家かどうかは知らんが、何でも、こゝにいた支那人が日本の女を住ませていたという話だよ。内地だったら差当りお妾だが、ここじゃ第何夫人という風なことだろうね。その第何夫人の日本人の註文で、わざわざこんな部屋を造ったという噂がある……」

旅の身として、すでにそれはわたしにとっては相当な話である。わたしは汗を拭くのを止めて、ふと感情のこもった瞳をしたのが自分にもよくわかった。

「ふーん。それでその支那の役人は、杭州が陥落するとき、やはり逃げ出して行ったのだろうな?」

「逃げ出したろう」福富は憮然としている。

「すると、その日本の女はどうしたのだろう。やっぱり一しょに逃げ出したのかな？」

「やっぱり一しょに逃げ出したろう」

「そうか。すると、やはり今でも何処かにいるわけだな」

「そりゃ何処かにいるさ」

　福富は初めてニヤリと笑った。しかし、それはわたしには先ず無縁な笑いである。わたしは改めて頭を擡げ、それとなくその部屋の調度を眺めた。もっとも、かつてこの部屋に備えてあった高価な品は、日本軍の進入に先き立って悉く運び去られたにちがいない。その証拠には、日本式の床の間にはすでに軸物は何も見当らないで、そこの灰色の壁のうえには軸の大きさのあとだけが、この前住者の生活の余韻を思わすように、ほんのりと白いあとを残したままになっていた。

　けれども、わたしの漠とした回顧癖やら空想癖は、それだけでも充分だった。それはおそらく人生の余白のようなものかもしれぬが、その床の間の軸のあとにも、わたしは見知らぬ或る人間の侘しいためいきさえ感じたのである。わたしは古い色の褪せた畳のうえに寝転びながら、呆然として襖の模様や違い棚の木目を見ていた。福富の説明に従うと、今わたしたちの前に置かれた紫檀の机や、次の間の花瓶の類は、その日本の女の残して行った品であった。それに絹夜具が一流れと、メリンスの座蒲団が二三枚、下駄箱、鏡台、藤椅子などが目星しいところで、あとは殆んど取るに足らぬガラクタ数点ということだった。

「そうか。それで三味線のようなものは置いて行かなかったのだね?」

「三味線? 三味線とはどういうわけかね?」福富は湖に突き出した手摺の鼻に腰かけたまま変な眼をした。

「いや、どういうわけというのじゃないが、まあ三味線ぐらいは弾いていたろうと想像するのさ。旦那の支那人が老酒《ラオチュウ》の一杯機嫌で、春宵一刻価千金、花には清香あり月には陰あり、などというような詩でも唸れば、その女は内地を偲んで、日本流の端唄の一つは口にしたかもわからない……」

「さあ、そこまでは僕も詮議したことはないが、残念ながら三味線などは無かったそうだよ。それに第一、その女が果して粋な柳暗花明の産かどうかはわからんからなあ」

「いや、多分そんなところの人間だったのじゃないのかね。若かりし日の旦那が、東京あたりに留学していて、赤坂とか新橋とかに遊んだとする……もっとも存外、新井薬師か道玄坂あたりの不見転《みずてん》かも知れないがね」

するとと黙って頷いていた福富が、突然ちょっと調子を変えて、こちらを向いた。

「うむ。新井薬師に道玄坂か。そんな言葉は何年振りかに聴くよ。どうだい、事変が始まってからも、そんなところは景気がいゝかね? 銀座はどうだね? 新宿や早稲田の辺も、相当に変ったろうなあ……」

「まあ変ったと云いや変ったが、相変らずと云えば相変らずだな。お望みならば内地の話もしたっていゝが、しかし、それより先ず有名な西湖の蘇堤、白堤とかいうところに案内してくれないか」

「うん、そうだ。そっちがお客さんだからな。……しかし、これから出かける元気はあるかね？」

「元気はある」

「そうか。それじゃ、ちょっと待ってくれたまへ」

福富はのっそり立って、すぐ靴を引っかけて離れを出た。そうして青いその支那服が庭園の桂《ケイ》の茂みに消えて行ったが、わたしはぼんやり畳に転んで、そのままあらぬ空想に耽っていた。もっとも、空想と云ったところで、必ずしも例の、艶情紅涙の、この部屋の主の身のうえばかりではない。今わたしが現にこうしている間にも、大陸の至るところでは激烈な戦闘が続けられているのである。上海で知ったところによれば、この杭州の街はずれでも、銭塘江という河を挿んで日支両軍が対峙している筈だったし、又、漢口を目ざす部隊が田家鎮とか武穴とかいう揚子江沿岸の要害の攻略に血みどろな激戦を繰返しているわけでもあった。わたしの近親や知人などにも、直接銃を手に執ってそれらの戦線に駆け廻っている者もある筈だったが、たとえばそういう厳とした事実を頭にうかべ、わたしは何となく切ない思いに閉されていた。すると離れを出て行った福富が、そのとき突然わたしを呼んだ。

「おい」

わたしはくるりと起きあがり、上り框のほうを眺めた。だが、福富の姿は見えない。庭の中から呼んだのかと思っていると、

「おい。こっちだ、こっちだ」と再び云った。

湖に臨んだ窓であった。つまり福富は湖に画舫を浮かべ、それを離れの窓の手摺に漕ぎ寄せていたのであった。

「こゝから乗ってくれないか。あゝそうそう。穿かなくても構わないから、靴は提げて持ってきてくれ」

わたしは福富の云うように靴をぶらさげて画舫に乗った。福富は足をあげて、トンと窓の手摺を蹴ると、小さな画舫はそのまま青い藻を掻きわけて水面のまんなかへ進んで行った。

陽はまだ山の稜線でギラギラと光っていたが、広い湖上には爽かな風が渡り、殆んど気持の鎮まるくらい涼しかった。福富は先ず三潭印月と呼ぶ湖心の島に画舫を着け、そこで一休みして更に蘇堤、白堤と云われている堤防まで漕いで行った。水面に突き出した堤の下には円くアーチ形の水路をつくり、そこから自在にむこうへ漕ぎ抜けることも出来るし、又、こちらへ漕いで帰れるのである。だらりと水面に垂れさがった楊柳の葉とすれすれに、わたしたちは何度もその水路を漕いで通った。薄汚いそのコンクリートの水路の壁には、しかし色々な貼り紙のなかに混って、「打倒東洋鬼子」とか、「打倒日本帝国主義」とか、「民衆快起来、組織遊撃隊」などというようなビラが一際生ま生ましく貼ってあった。

「おや、こんなところにまで御丁寧に貼り付けてやがる」

商売病と云っては悪いが、何でもその方面の軍の仕事に携わる福富は、それらの抗戦ビラが眼に留まると、さも事務的な感情の動かし方で軽く舌打ちしながら呟いていた。

「こいつあ、どうやら陥落後に貼り付けたものらしいぞ……」

「それじゃ、むこうから潜り込んで来るのかね」

「うん、まあ、そうだ」と福富はうなずいた。「もっとも、杭州はもう完全にこっちでおさえているが、しかしスパイはうようよしてるさ。まあ僕の見るところじゃ、杭州の黄包車の車夫なども、ある意味じゃ皆スパイだな。きょうも停車場から僕たちを乗せてきた奴、あいつなんかも相当に怪しいもんだよ」

　そんな話を交しながら、わたしたちは画舫をあっちこっちへ漕いで行った。お蔭でわたしは涼しくて快適な気分に浸れたけれど、やがて漕ぎ手の福富は相当に参ってしまった、支那服を脱ぎ捨てるし、果ては猿又一枚になったうえ、画舫のうえに仰向けに身体を投げて休息した。わたしも仰向けに寝そべりながら、ぼんやりと周囲の山肌に眼をやっていた。湖上は殆んど波もなく、又、流れのようなものさえなかった。じっと一つところに止まった画舫は、そのまま広い湖面にポツンと落した点となり、その点となったことによって逆にわたしは、この美しい四辺の風景に融け込むような気持を覚えた。

「どうも杭州というところはちょっと京都に似ているね」とわたしは空を見ながら云った。

「京都かい」

「うん、京都だ。ちょうど京都に湖を造ったらこんな感じだぜ」

すると少時黙っていた福富が、ふと物憂げな低い調子で、

「しかし、やはり京都がいゝなあ。君は京都を知っていたのかね」と云った。

「知ってたのかね、どころじゃないよ。京都には昔、住んだことさえあるんだもの。……第一、いつかの夏休みに君が京都の親戚にいるときだが、一しょに愛宕へ登ったことだってあるじゃないか」

「あっ、そうか。そうそう、そんなこともあったようだな」と福富は微かに笑った。

「君の健忘症も相当なものだよ」と、わたしは続けた。「それが、やはり大陸的というのかね？　これを云えば君もハッキリ思い出すにちがいないが、愛宕へ行った別な年に……さあ、春の休みだったか冬の休みだったかは忘れたけれど、何でも寒い時分だったが親戚の娘さんの加奈子さんという人と、南座へ行ったのを覚えているよ」

「そうだ。あれは君、松竹の家庭劇を見に行ったのだ」

　福富はむっくりと起きあがって、

「そして帰りに八百政で飯を食って、京極から寺町へ抜け、何でも御所の森を通って、とうとう今出川まで歩いて帰ったときだろう……」

「健忘症がよく覚えてらあ」とわたしは声を立てて笑った。

「いや、必ずしも健忘症じゃないんだ。たとえば愛宕へ登ったことも、僕には二度や三度じゃないのだからね。だから君と一しょに行ったものか、それとも今出川の親戚の奴と行ったのか、そういう点

がハッキリしない。何しろ両親が死んでからは、僕は休暇は殆んど京都で過したのだから」

「そうだったね。僕はまた、君がおそらくあの今出川の加奈子さんと結婚するにちがいないと思っていたのさ。人間の運命という奴はわからないね。今、どうしてる?」

「結婚してるよ」

福富はあっさり云った。だが、そのあっさり云ってのけるのに何となく一種の努力が罩められているのが分った。わたしは画舫に寝そべったまま喋っていたが、しかし思わず半身を起している、その福富の表情さえ見える気がした。

「結婚って、やはり京都で?」

「うん。京都と云いやあ、京都だが、ちょっと説明が面倒臭いな。……つまり、加奈子は京都にいて、結婚してからその辺の幼稚園の先生をしているそうだ。何しろ旦那さまが船乗りで、殆んど年じゅういないのだから、まあ退屈凌ぎというところだね」

わたしは黙って胸のなかで指を繰った。福富たちと南座へ出かけた頃が大学を出る少し以前と覚えている。そのとき加奈子が平安女学校の専門部に進んだばかりだということで、すると、わたしや福富よりも三つか四つ齢下である。だから今の我々の年齢から仮りに三ツ引くことにして、——やはり今年は二十八九、そんなものだ。

わたしはすぐさま二十八九の奥さんを想像してみた。が、それは少しも形のうえでは現実感らしいものを齎さない。今でも京都へひょっこり行けば、やはり紺サージの洋服にラケットなどをぶらさげた女学生、そんな加奈子に出くわしそうな気持である。もっとも、わたしの記憶では自身加奈子に会ったのは僅々三度ばかりである。しかし、その頃のわたしたちには、若い齢頃の娘といえば理由なしに印象に残るものがあった。わたしは京都で福富と会い、その福富の紹介で加奈子に三度ばかり会った。その三度だが、それも未だに最初は何処そこ、その次はどんな場合という風に、いつまで経っても的確に覚えている。何しろ古い話である。初めて福富を今出川の親戚に訪い、そこから二人で南座へ出かけたのだが、むこうへ着くと、ふいに廊下で笑いながら近付いてきた洋服の娘がいた。それが加奈子だ。

「あら、随分遅いわね」と加奈子がわざとわたしのほうに背を向けて福富に呟くと、福富は、「おい、こら。挨拶しないか」と何となく赤くなって、そう怒鳴った。「今日は」と加奈子はそっとこちらを見た。

その晩が初対面だが、帰りに八百政で飯を食い、寂しい御所の森に沿って歩きながら、ふと加奈子が二人の先きに離れてどんどん歩いているときである。何となくそんな気がして、

「君、あの人はフィアンセだろう?」とわたしは云った。

「いや、違う」と福富は即座に答えた。

そうして、ちょっと立ち止まるような風を見せたが、ふとまたそれを思い直し、青白いアーク灯の

光りを浴びて福富は見るからに冷めたい苦笑をわたしに示した。お互に黒い外套を耳の辺まで被っていたが、その夜の福富のすべすべした白い顔は、気のせいか途方もなく神経質な感じだったのをよく覚えている。

二度目は今出川の親戚の家である。その日は加奈子が珍らしくお太鼓の帯を結んでいたと記憶するが、それ以外には別段の印象はなく、三度目もやはり親戚の家であった。たゞこのときは夏の休みで、わたしは福富の案内で愛宕へ登ったのを忘れないが、その晩か翌日の晩だったかに、加奈子を誘って疎水に貸ボートを浮べて遊んだ。疎水の流れは思いのほか凄まじく、何でも冷泉橋から夜桜の動物園まで漕ぎのぼるのが大骨折で、おもにわたしが血気にまかせてオールを執ったが、時どきピチャッと波を叩いて、薄いワンピースの加奈子の身体を水だらけにした。漕ぎながらわたしは身体を水だらけにした。

漕ぎながらわたしは福富と色々なことを話した。そうしていつかの御所の森での福富の強い否定を頭に置いて、わたしは何か興にまかせて福富の結婚の理想というようなものを執拗に問い質した。止せばよいのに、わたしは福富の抽象的な生ま返事には慊らずよく学校の帰りに立ち寄る早稲田近辺の喫茶店の女まで引き合いに出し、君はあの子のようなのが好きだそうではないか、などゝいう風なことを云っていると、またしてもピチャッとそのときオールから水がはねた。今度は加奈子の髪にまで水が飛んだ。むろん福富も半身に浴び、これは少々涼し過ぎると笑いながら喋っていると、そのときキャッキャッと声を立てゝ笑う筈の加奈子が少しも笑わない。黙ってハンカチをつまみ出して、さも閉口したように額の辺を拭っている。

「どうも失敬。……だいぶん浴びたと見えるですね」と恐縮しながらわたしが云うと、

「ひどいわ」と加奈子が突然静かに云った。

わたしは何となくドキリとした。淡い後悔のようなものを覚えた。その頃の学生時代の常として、わたしは屢々羽目をはずしてはしゃぎながら、よくそのことをあとで索然と反省することがあった。この場合もそれであった。わたしは寧ろ加奈子の淡い齢頃の或る感情にこびるつもりで、そんな福富へのお喋りをやったのだが、これが忽ちわたしを神経質な反省に追い込んだのである。わたしは御所の森での福富の否定を思い、それが全くあてにならぬということを今更気付いた。そういう寂しい分別らしいものと同時に、一方わたしは誰に云いようもない勃然たる嫉妬のような情も覚えた。わたしはすっかりしょげてしまった。けれど、その頃の失敗も安直なら、又反省そのものもすこぶる安直なものであった。何といっても気持の動きが単純で薄手だった。その夜はかなりふさいでいたが、翌日福富と京極の盛り場へ出て、ゆうべのことを喋ったときは、もうわたしの軽い小さな心の怪我はあとかたもなく消え失せていた。わたしは福富に加奈子のことを冷やかしたりして、思い切って結婚したらという風なことを爽かな口調で云った。すると今度は福富が思いのほか沈んだ顔で、

「いや、そんなことも思うけれども、何といっても先生の親父がねえ」と答えた。

「親父が、いったいどうだと云うんだ?」

「親父は僕を何となく軽蔑してるらしいのだが」と福富は忌々しそうに言葉を切って、それからふいに思いあまったように云うのだった。「御承知のように親父はちょっとした国学者さ。もっとも、あまり有名な学者でもないのだけれど、それでも京都のその方面の連中には、今出川の佐伯確峰といえば多少通った人間らしい。だいたい若いときから国学や漢学を生命として叩き込んできた男には、今どきの若い大学生は何処からみてもチャチに見えるにちがいないんだ」

「それじゃ、君も、その親父に負けないくらい勉強すればいゝじゃないか」

「それは僕も考えるんだよ。だけど、肝腎の加奈子の奴だが、あいつが果してどう考えているのかねえ……」

当時の話は、何でもそんな程度であった。しかし、わたしはこの福富がその後東京へ戻ってから俄かに異常な勉強をやり出したのを記憶している。もちろん、加奈子を得るためか、それともほかに何らかの動機があったか、とにかく福富の勉強振りは単にわたしの注意を惹いたばかりではなく、誰の眼にも異様に映った。それが一時の気まぐれとはちがった証拠に、間もなく卒業を前に控えて、大学院へ残るように担任の教師から勧められたという噂も聞いた。あとで知ったが、この前後に満洲にいた福富の両親が相次いで亡くなったということである。すると福富の勉強も、若干そういう事情に作用されたと考えられるが、しかし、それが何年かして果してどういう結果を生んだかということは、今わたしの眼前の画舫のなかで、猿又一つで西湖の風に吹かれている福富自身が何よりの答案だ。結局福富は学者にならず、加奈子とも一しょにならず、便々たる十年の歳月を送った挙句に、出し抜けに訪れてきたわたしを相手に杭州三界でぼんやりと案内役を勤めている。実際、ふいに上海の岡田から電報を受け取った福富が、さも憮然として杭州停車場に現れたのも一応致し方ないようにわたしは思った。

「それじゃ、ぼつぼつ引き揚げようか」と、そのとき福富は退屈そうに云った。

「うん」

「どら、又一漕ぎだ」

福富はすぐ身体を起して、傍に脱ぎ捨てた支那服を着た。そうしてパッと掌に唾を吐き付け、どっこいしょという風に櫂を握った。

画舫がゆっくり動きだした。

その晩、わたしは福富と枕をならべて例の離れの日本間で寝た。そうして全く思いがけず、あの竹夫人というものを見たのである。九月初旬の杭州はまだ蒸暑く、それに西湖のうえに立ち罩める異常な湿気が、わたしを容易に眠らせなかった。わたしは薄暗い部屋のなかで茫然と蚊帳に射し込む月の光りを眺めていた。すると隣りの蚊帳にいた福富が、寝てから何度も庭園に降りて行った。むろん厠は庭の片隅にあるのである。わたしも最初は用を足すために出てゆくのだと思っていたが、それにしては何となく時間が永い。気のせいというより他には理由はないが、わたしはそのとき、庭園の福富が、誰かと喋っているような感じがした。実際、喋っていたかも知れない。しかし、わたしも、よしんば福富を抜きにしたとて遊子多感の身のうえである。初めて過す異郷の床の一夜々々に、わたしなりの夢もあった。それで可笑しいとは思いながらも、そんな福富の一挙手にすべての注意を払っていたというわけではない。

ところが、そのうちわたし自身も用を足したいものだと思った。けれども、わたしが上り框に出るためには狭い座敷を福富の足もとを踏みながらゆかねばならない。わたしの蚊帳が床に近い上坐である。そうして福富のは唐紙を開け放った次の間である。もちろん、そのとき、わたしに一片の成心がないとすれば、たとえ福富のふくらはぎを踏んづけたって大した問題にはならぬのである。だが、わたしは先刻から眠っていない。庭園に何度も降りた福富の様子を見ている。それで何となく出てゆく気持がしない。わたしは相当永いあいだ躊躇していた。尿意は迫るし、そうかと云って真逆、窓の手摺から西湖の水面にじゃあじゃあ小便を放つわけにもゆかない。

わたしはそれから二三十分も、もがもがしていた。もういったい幾時だろうと考えた。頭のうえの西湖では、時どきピチャッと魚の跳ねる音が起るばかりで、あとは殆んど寂とした物静かな朧月夜が続いていた。わたしは遂に決心した。決心といえば大げさだが、それでもやっと思い余って、そっと寝床を出たのである。そうして、さも悪いものを見るように仄暗い福富の蚊帳のなかをチラと見ると果して福富の薄い夏蒲団が不自然にふくらまっている。やっぱりそうだったかな、とわたしは思った。わたしは慌てゝ庭園に降り、桂の根もとを手探りで廁へ行った。わたしは何か殊更に悪い夢をみていたのである。用を足して離れに帰り、それから突然福富から声をかけられて喋るまで、その福富の身辺に侍す変な蒲団のふくらみを例の竹夫人とは気付かなかった。

「どうだい。暑くて眠れぬなら、この抱き籠をそっちへ貸そうか」

「おや、竹夫人か。何だ、そんな気の利いたものがあるのか。どれどれ、とにかく……」と、わたしは云った。

薄暗がりの蚊帳を排して、そのヒヤリとした竹夫人がわたしの寝床に転がってきた。すでにそれは竹夫人である。かつて漠然たる辞書の世界でわたしの空想をたのしませた竹夫人である。わたしは殆んど小児の身体ほどの、軽い、ふわりとしたその大きなものを抱き寄せながら、だが何となくがっかりした。味けなかった。わざわざ蠟燭の灯は点けないが、それでもその冷めたい竹夫人は別に何の変哲もなさそうで、又、何処か薄暗いような感触がした。

何だ、これが竹夫人というものか、とわたしは思った。

わたしは少時、その竹夫人に片腕を倚たらせたまま、この索然とした変な感じが、その日杭州の停車場で顔を合せた福富の印象と似ていると考えた。青きより思い初めけり竹夫人とは、いったい何処をおせばそんな音が出るのだとわたしは思った。わたしはそれから隣りの蚊帳で煙草を喫っている福富に、

「しかし、さすが支那は支那だな」と呟いた。

「何が？」

「この竹夫人よ。これで僕たちが抱いて寝れば何の奇もない道具だけれど、例のこの部屋の佳人にとっちゃ、定めし千万無量の切ない夢に化さぬとは限らんからなあ……」

「うふふふふ」と福富は煙にむせるようにして笑った。「そうかと云って真逆、日軍百万杭州湾上陸なんていうような噂を聴けば、そんなものをエッサエッサ抱えて、逃げるわけにもいかないからな」

　そんなことから、わたしたちは薄暗い蚊帳を隔てゝ自ずとその当時の戦況について喋った。福富の杭州住いも前途甚だ漠然としているけれども、わたしはわたしで、これからおよそ想像もつかないような血腥い戦場の真只中に飛び出してゆかねばならない。わたしは福富と話しながら絶えず弾丸の交錯する名も知れぬ大陸の辺土を思った。わたしは正直、早くそのような場所へ出たいと考えていた。それは、あたかも臆病な死刑囚が自らのうえに加わる処刑の時の、もう一刻も早かれとねがう気持に近いのだろうと自分で思った。

　翌朝、わたしは福富の案内で再び画舫を漕いで岳飛廟や中山公園を見に出かけた。そうして間もなくその足で、福富に送られて停車場へ引返したが、上海ゆきの列車の出るのを待つあいだ、二人はちょっと京都のことを話した。別にこれという話ではない。だが、間もなく発車が迫り、わたしがガランとした客車に入ると、福富は窓口からこちらを覗き、いかにも我々の思い出というものに一種のピリオドを打つようにして、こんなことを云った。

「だが、挿話だ、挿話だ。ちっぽけなエピソオドだよ……僕たちのした事なんざあ、この広大な人生にとっては、爪の垢ほどのエピソオドに過ぎないや」

「それはそうかも知れないが、」とわたしは云った。「しかし、その広大な人生という奴だって、地球の廻転というものからは、やはり小さな挿話だよ」

福富は仕方なく苦笑したが、続いて何か喋ろうとして青い支那服の袖を翳すと、そのとき汽車がごとんと動いた。発車であった。それでそのまま挙げた片手をちょこんと中折帽の縁に持って行くと、

「じゃあ、さようなら」と低く云った。

「ああ、色々忙しいところを済まなかった」

汽車がゆっくり杭州の街を離れた。こうしてわたしは遠い回想の環から逃れるように再び上海へ帰ってきた。が、そこでは例の岡田にも会う機会がなく、そのまま蘇州、南京、九江を経て、わたしは所謂硝煙の野で二ケ月ばかりの月日を送った。多少の辛酸もあったけれども、概してわたしは以前のままの飄然たる一旅客として、ようやく秋風の吹き募る上海へ引きあげてきた。武漢陥落の報を迎えて虹口を歩く日本人の表情は、さも晴れ晴れと明るかった。殊にわたしを宿に訪ねてきた明星公司の岡田は、もうこうなれば旅もへチマもないだろう、と最初にわたしに齎したのが元気な酒臭い抱擁だった。

「さあ、行こう。一杯やろう。往きには碌に御馳走する暇もなかったが、きょうは租界へ、のそう、じゃないか」

わたしは岡田と蘇州河をむこうへ渡った。名も知らない支那人の雑沓する街に至り、岡田は頻りと歓待に努めてくれた。わたしは洋食を喰い、蟹を食い、ビールをあおり、又、老酒の香をやたらに嗅いだ。それから杭州の福富の噂をしたが、何でも岡田の説明に従うと、福富はもと上海にも永くいたが、知人の勤める今の仕事をあっさり引き受け、左程酬われない条件を承知のうえで突然杭州へ出かけたのが十ケ月前、つまり今年の初め頃だということである。

「実際、そのときは俺も少々驚いたよ。あの福富が真逆、そいつを引き受けまいと思っていたのに、突然うちへ電話を寄越して、都合で杭州ゆきを決めてきたよ、と云った時にゃあ……」と岡田は盃を持ったまま未だふしぎそうな眼の色をした。

「そんなに今の仕事は厄介なのかい？」

「いや、仕事そのものよりはだ。そいつを引き受けた人間が問題なのさ」と岡田は続けた。「君は、学校を出てからの福富のことをよく知るまい。何でも、奴は非常な秀才振りを見込まれたかして、京都で一つ、神戸で一つ、むろんどっちも私立だが、大学の教師の口が掛ってきたということだ」

「ふーん。それで、それを断わったのか」

「京都と神戸と云いやあ、掛け持ちしたって結構やれる。ところが、奴はそれを断ってふらりと上海へ来たわけだよ」

「それで、いったい上海じゃ何していたの?」

「さあ。色々なことをやっていたが、おもに雑誌か新聞方面の仕事らしかったね」

「そうか。すると、その頃に例の加奈子さんが結婚したんじゃないのかな」

わたしが半ば自身に語るように呟くと、岡田は一そう眼を輝かせて、

「君は、加奈子さんを知ってるのかい」と訊いた。

「実は知ってる。昔、京都で一しょに芝居を見たこともある」

「そうか。そりゃ話せらあ」

岡田はわたしに盃を勧めてから、実際興に任せたように福富について語った。勿論岡田のその話には、岡田自身の直接の経験に若干の想像の混っていたことは確かである。そこへ更にわたしの想像が加わらざる得なかった故、話はおのずとエニグマティクな道ゆきを帯びたのである。岡田の聞いたところでは、なるほど当時加奈子が支那通いの或る高級船員と結婚したのは事実であった。けれども、それが福富を上海へ追いやったというよりも、寧ろ加奈子の結婚以来、福富と佐伯一家との交情は却って前より温くなったそうだ。福富の上海ゆきは実はそのような傷心とのみ考えるのは早計で、幾分それもあるにはあろうが、何といっても直接の大きな動機は佐伯の主人の確峰の病死であった。病死そのものは仕方がないが、その死によって福富は、図らずも今まで遮二無二打ち込んできた自身の

学問のうえの努力に、空しい影を感じたのである。しかし、その事情を考えるには少し時間を遡る必要がある。

福富は初め佐伯確峰を憎んだ。福富自身が相手に軽蔑されたようにこちらも無性に反撥した。かつて京都の御所の森で洩らしたように、その頃福富は加奈子に対する感情が募るにつれて、一途に父親の確峰に楯突かざるを得ないのだった。古い学問で叩きあげた確峰はもちろんだが、その確峰の気質を受けてそのままモノメニヤックな敬神家と化す一家の気風も、到底福富の気持を満足させない。しかし、一家はその家風を秘かに誇って、それが悉く主人の確峰の学者としての衿恃によって裏打ちされていると信じた。福富の付け込んだのはこゝである。渦の中心は結局のところ確峰の学問で、その学問をする、それが確峰自身にとっては直ちに以て人間をつくりあげるという信念だ。福富は勉強に打ち込み出した。それは確峰を凌ぐための一途な反抗によっていたが、又一方では、加奈子に対する廻りくどい自己表現でもあったわけだ。自身がとにかく相当な学者になる。確峰に負けないくらいの学者になる。しかもそういう福富という人間が、一向確峰と同じような考え方や生き方をしないところを、要するに加奈子によって見てもらいたい。そこに福富の、福富らしい遠大なめあてがあった。

「いつか福富が云っとったよ」と岡田はそこで、ちょっと寂しそうに首を振って、この福富の性質につき若干の註釈を試みた。「奴の口から云ったことだが、――僕はどうも早くから両親のもとを離れて、親戚歩きをしたものだから、どうも変な癖があってね。たとえば、何か他人と争うときには、一応相手の持つものを自分も持たぬと、初めから争う自信が湧いて来ない、と……」

「ふん。そんなことを話していたかね」とわたしは云った。

「話していた。その点、ちょっと女性的な性格だな」

その女性的な性格も、とにかく福富の異常な努力でおよそ所期の目的に近付くことが出来たのである。福富は一応学者になった。学問をやる人間がすべて学者だという意味ではなく。その学問に携わるということで他の一切を捨てゝ顧みぬ人間になれたのである。何よりの証拠といえば加奈子の結婚そのものである。さすが加奈子が他人に嫁ぐことを、福富は寂しく思ったそうだが。しかし事実が否応なく運んでしまうと、思いのほか平静な気持で居られた。それが自分でもふしぎであった。そうして、あれ程反抗の火を燃やした確峰一家と福富は何となく自然に一つに融け込むような親しさすらも覚えてきた。これには二つの理由が考えられる。つまり、確峰を凌いだという福富自身の内心の優越感、それと最初に福富の反抗心に火を点した加奈子の不安定な立場の消えて無くなった事、この二つである。云わば三角形の三つの点《ポアン》の、その一つが消え失せて福富と確峰とは只の一直線に結ばれたわけであるが、しかし美しい点《ポアン》の消えるということに、人はこんなに淡々としていられるだろうか。

けれど、わたしも、岡田にしても、当時の福富の心底には無用の憶測を加えても仕方がない。とにかく加奈子が船乗りのもとへ嫁ぎ、そのまま福富は京都にあって仲よく確峰と古社寺めぐりなどやっていたが、ほゞその頃に京都と神戸の就職先が決まりかゝっていたのだった。むろん福富の学識が買われたわけでもあろうし、又、確峰の秘かな推薦もあったと云われる。確峰が今半年もその壽を永らえていたとすれば、おそらく福富はそのどちらかの学校を引き受けて講座を持ったにちがいないが、こゝで突然確峰が肺炎で亡くなった。だが、福富と確峰とが心から打ち融けて暮してきた証拠には、その葬式の席上で、下加茂の婚家から駆け付けてきた加奈子と一しょに、福富は手を取り合って声をあげて泣いたそうだ。おまけに後年、福富自身が上海に来て岡田に洩らした話では、それが福富と加奈子とが永く親しく暮しながら直接、相手の肉体に触れ合った最初だということである。

確峰の葬式が済み、程なく遺品の整理となった。福富は下加茂から戻った加奈子と共に、主に著述や書物の類を弄っていたが、そのとき突然確峰の自作の歌をしるした美濃紙数百枚の原稿を発見した。書き出したのは古いものだが、それでも制作の日附をざっと見ると次第に晩年の作を加え、殆んど故人の半生にわたっている。

「おや、こりゃ珍しいものが出てきた。一つ、誦んでみましょうか」

福富はそんなことを云って、白い障子に老梅の映る麗かな冬の書斎で、頁をめくった。福富は誦みだした。だが、その声が殆んど終らぬうちに、傍に坐った加奈子の頬が突如火のように赤くなった。恋歌である。それは万葉と新古今を突き混ぜでもしたような、まあ何処となく実朝張りの調子を思わす惻々たる恋歌であった。福富は驚いてぱらぱらと頁を繰った。けれど、どの頁でも眼に付くものは、たとえば「君に恋ひ、うらぶれ居れば」といったものか、「味けなき夜に、恋ひつゝぞふる」というような切ない優艶な文句であって、福富さえも何となく狼狽してきた。

「ちょっと拝見」

そのとき、ふいに加奈子が云った。そうして眼を外らしながらその美濃紙の束を受け取ると、チラと事務的な一瞥を与えた後、「そうね。やはりお父様のらしいわ」と分り切ったことを呟きながら、すこぶる自然にそれを手文庫の抽き斗しにぽんと入れた。

福富はちょっと口惜しい眼をした。福富は何となく加奈子に対して一種の感情が湧くのを覚えた。少時黙って、この若い人妻に、過ぎた日のおもかげを求めていたが、やがて思い付いたように云ったのである。

「こんな歌を、どう思います？　いゝですか……山ふかみ裾野の真葛かれがれに、恨むる風の音のみぞする」

黙り込んで口のなかで繰返していた加奈子は、ふと冷酷な瞳を起してこちらを向いた。

「まあ、随分皮肉なのね」

「いや、こりゃ実朝の歌なんです、僕んじゃない」

「あら厭だ。御自分のじゃないのですか」

加奈子は自身の感情の剥き出し方を、秘かに恥じた。福富は昂奮してきた。肉体が別れたように心も遂に離れ離れに、――いや、その心というものゝ内部にも猶且つ一種の肉体があることを何か痛切に感じるのだった。福富は動揺していた。そうしてそんな動揺の気持の底で、先刻の確峰の恋歌について考えていた。実際、それは福富には意外であったが、その血を吐くような綿々たる文句のなかに、果して確峰がどんな表情で坐り込んでいるのであろうと考えたのである。

　その晩、福富は常になく強い調子で、再び確峰の歌の草稿を加奈子に出させた。そうして寝床に持って入り、一晩かゝってその数百首の恋歌を悉く読み通したが、福富を驚かせたのは必ずしもその歌の世界の艶かしさだけではなかった。つまり、それが、歌という形においてすでに優れた境地に進み、その完成された芸術品が作者たる確峰の生活とは何の関係もなかったことだ。福富はいやな気がした。自身の生活と些かも関わりなしに、間違いにもこのような立派な仕事が出来るとすれば、それなら果して自身の生活というものは何だろう？　自己に執するという言葉があるが、しかし、おのれがそれだと信じ切っているものが果していつでも本当の自己であるかどうか。福富はそんなことを考えながら、この夜、ようやく確峰に対してゞはなく自分自身の周囲についても疑い深い眼を注いだということである……。

「つまり、福富の支那ゆきは、それが一種の動機だと見るわけかね？」と、わたしは久々の酔いに瞼をうるませて、岡田に云った。

「さあ、解釈は君の自由さ」と岡田は笑った。「しかし、その確峰先生の死んだのが、昭和九年の冬だよ。福富が上海へやってきたのが、その春だよ。おや、もう四年以上にもなるんだなあ……」

「それじゃ、それから福富は加奈子さんにも逢わないわけだね？」
「いや、少くとも一度は遭ったよ」
「一度、内地へ帰ったのかい」
「いや、帰らない。だが加奈子さんから上海へやってきたのだ。事変の始まる前年の秋だったかな。そこはそら、旦那さまの船で来りゃ、造作はないや」

福富が加奈子に逢ったときに、一夜岡田も行に加わったということである。もっとも、それには加奈子を運んできた主人も一しょで、結局四人が漠然と飯を食ったに過ぎないというのだった。岡田の説明に俟たなくとも、わたしはその日の福富と加奈子の様子が、何か眼に見えるような気持であった。おそらく二人はけろりとして、恰かも兄妹か何ぞのごとく振舞ったろうと想像される。

それから加奈子は良人の物馴れた案内に従って、船の出るまで暫らくその辺を見物したが、間もなく内地へ帰ることになった。加奈子を郵船碼頭に見送ったとき、岡田もちょっと顔を出した。が、いよいよ船が見えなくなると、さすが福富は感情が迫るとみえて、永いあいだ黄浦江の濁った水面を眺めながら立ちつくした。それから「おい」と気を取り直して岡田を呼び、肩を並べて倉庫の脇を歩き出したが、突然微かに唇を慄わせて、

「酔うて歓を成さず惨として将に別れんとす。別時茫々江月を照らす、などゝいう程じゃないんだがね……」

そんなことを云って笑い、頻りと首を捻っていたということだ。岡田の話に耳を傾しげ、やはりわ

たしもそのときの福富には洵にあわれな思いが湧いた。

「しかし、すべて過ぎたことさ」と岡田は間もなく給仕を呼んで、やっと福富の噂に始末を付けた。

「さあ、出よう。出て、その辺をぶらっと廻ろう」

あとで知ったが、それはアベニュ・ジョッフルという賑かな通りであった。往来は相変らず蛾の翔び交うような支那人の氾濫で、わたしと岡田を別々に乗せた二台の汚い黄包車は、ともすると人込みに隔てられて見えなくなったり、又、明るい商店の灯火前で突然すれすれに並んだりした。

わたしは冷え冷えした夜の風に頬を嬲らせ、半眼を薄く開いて黙然と揺られて行った。何処を、どう廻ったのか分らなかった。そのうち車はひっそりした暗がりに入って行った。が、薄い夜の靄を透し近くで太い汽船の笛の音が響いていたので、多分江岸に近い場所だなと思っていると、そのとき岡田とわたしの車がふいにふらふらと一基の街路灯の光りのなかで平行した。岡田は見るからに疲れた身体を斜いに退け反って揺られていたが、車がピタリと横に並ぶと、さもわたしの話しかけるのを待つように、「おう」と云って、意味もなく仄かな失笑を浮べたのである。

わたしもやはり待ちかまえていたごとく、「おう」と頷き、それから仕方なくこんなことを口にしてみた。

「いや、又福富のことだがね。奴あ、すると、相変らず加奈子さんだけには未練があるのだろうか」

「そりゃ、有るだろう」

と、岡田はあっさりその事実を認めた。

「上海にいても杭州にいても、あいつは何でも加奈子さんから贈られた薄汚い抱き籠に添寝して暮しているよ。冬は、湯たんぽでも入れるといゝが……」

「へーえ？　それじゃ加奈子さんから貰った物か」と、わたしは自分の愚かしい杭州での空想を改めて思い泛べた。

「加奈子さんから貰ったそうだぜ。君も見たか」

「うん、ちょっと見た」

すると岡田は、自身の或る連想からくすりと低く笑いを洩らして、やがてあははははと声を発して哄笑しながらこう附け加えた。

「あんなものを抱いて寝てるが、しかし、俺には福富が、何でも他の鳥の卵を抱いて暖めている、あの慈悲心鳥とかいう鳥みたいな気がして仕方ないよ」

「成程、慈悲心鳥か。だけど、ありゃ暖められて卵から出てくるほうが慈悲心鳥じゃなかったかね？」

「すると抱くほうは、何てえ鳥だ？」

「抱くほうは覚えていない」

「そうか。しかし、何だっけ？」と岡田は頻りと首を捻って、その鳥の名を思い出そうと努めていたが、そのうち再び路の具合でお互の車が少し離れた。がたびし揺れる石畳の歪んだ路を岡田の車が少しづゝ前方に離れて行った。「……さあ、何だっけ？　雷鳥でもなし、木つゝきでもなし、鷹や仏法僧でもあるめえし、だが、要するに泣いて血を吐くほとゝぎすは確かなところさ……」

わたしが岡田と、福富について語ったのはその晩が最後である。なお二三日わたしは上海の宿にいたが、もう岡田と顔を合せて酒を飲んでも再び福富については喋らなかった。それは別段、意識して差控えたというのでなしに、どちらもこれ以上福富のことを考えるには、もはやお互の心のなかが最も適当な場所であろうと思ったに過ぎぬからだ。わたしは岡田を相手に、主として戦場談で煙に巻き、やがて装を改めて内地へ発った。

海上は薄ら寒く、それに数々の思い出で、その一昼夜の航海はわたしには堪え難かった。わたしは翌日長崎に着き、関門に出て、下ノ関から東上の列車に乗ったが、程なくそれが関西の地に近づくと、突然永い思案に断定を下すように是非とも途中京都へ寄って行こうと心で決めた。わたしはそうして京都で降りた。黄色い銀杏の葉の散り敷いた京都の街には、折柄肌を凍らすような冷たい時雨が降り濺いでいた。京都はわたしには会遊の地である。たとい一木一草にも若干の感慨は罩っている。それはわたしだけの気持である。だから読者は、わたしが加奈子の家を探し求めて雨の加茂川堤を歩いたような想像を働かすには及ばない。わたしは加奈子にも誰にも逢わず、只ぼんやりと眠り難い一夜を過して、翌日更に東へ向い、そのまま今日に至っている。だからだこの話には後日譚というものがない。

（十七・十二）

青塚氏の話

谷崎潤一郎

由良子は夫の中田が死んだのは肺病のためだと思っていた。今でも彼女はそう思い、世間もそう思っているのであるが、中田自身は、そうは思っていなかったらしい。それは中田が最後の息を引き取った部屋、――須磨の貸別荘の病室に於いて発見された遺書を見れば分るのである。で、ここにその遺書を掲げる前に知って置いて貰いたいことは、由良子が一とかどのスタアとして売り出すようになったのは、その体つきが持っていた魅力のせいには違いないが、一つには死んだ夫のお蔭でもあったと云うことである。中田は彼女が十六七の頃、ほんのちょっとした一場面へ出るエキストラとして働いていたのを、多くの女優の卵どもの中から早くも見出したのであった。彼は自分の地位を利用して、だんだん彼女を引き立てるように努めてやったので、結果は何処の撮影所にも有りがちな、監督と女優の恋、朋輩どもの嫉妬や蔭口、それからおおびらな同棲にまで事が進んでしまったのは、由良子が十八の時であった。彼女の方には最初は純な気持ちの外に、此の男を頼って出世をしようと云う野心も手伝ってはいたであろう、が、結婚してから後の彼女はついぞ浮気などしたことはなく、はたの見る眼も羨ましい仲であった、現に中田があんなに衰弱して死んだのも、あんまり彼女が可愛がり過ぎたからだと云う噂さえもあるくらいに。

　彼女は健康で運動好きで、そのしなやかな体には野蛮と云ってもいいくらいな逞しい精力が溢れていたから、そんな噂もあながち無理ではないのである。去年の秋に夫が須磨へ転地してからも、撮影の合間に始終訪ねて行ったものだが、それは必ずしも看病のためとは云えなかった。夫はあの患者の常として、肉は痩せても愛慾の念は却って不断より盛んであった。そして由良子がさし出す腕を待ち構えていたばかりでなく、病気の感染をも恐れずに、恋の歓楽を最後の一滴まで啜ろうとする彼女の情熱を、どんなに感謝したか知れなかった。そう云うことが積り積って、結局夫の死を早めたのであろうことは由良子も認めない訳に行かない。しかし夫が喜んでその死を択んだ以上、それで差支えないのではないか。彼女としてもああするより外、あの場合仕方のないことであった。自分にも夫と同じような、盛んな愛慾が身内に燃えていた。そのために自分が浮気をしたのなら悪いけれども、夫の望む死を死なせてやったのである。もう此の世から消えて行く火に、自分の魂の火を灼きつかせて、思いの限り炎を掻き上げてやったのである。中田は定めし心おきなくあの世へ行くことが出来たであろう。彼は恋人と結婚してから僅か四年しか生きなかったとは云うものの、二十五歳から二十九歳まで、――由良子の十八歳から二十二歳まで、――つまり人生の一番花やかな時代を楽しみ、幸い彼女にも裏切られることなく、いやないさかいを一度もせずに済んだのであった。由良子にしても自分の性質や今後のことを考えると、中田との恋を円満なもので終らせるためには、ここで彼が死んでくれたのが都合が好かったような気もする。夫にもっと生きていられたら、いつ迄おとなしくしていられたか、それは自分でも保証の限りではないのである。彼女は最早や監督の愛護に依らないでも、或る一定のファンの間には容易に忘れられない地歩を築いていた。要するに映画の女優なんて、芸より美貌と肢体なのだ。どんな筋書の、どんな原作でも同じことで、笑う時には綺麗な歯並びを見せびらかすこと、泣く時には涙で瞳を光らせること、活劇の時には着物の下の肉の所在が分るようにすることを、忘れないで芝居していればいいのであった。あの女優は下手糞だ、いつもする事が極まっていると云いながら、それでも見物は喜んでいるので、時々裸体を見せてやれば一層喝采するのであった。中田が彼女の絵を作る時も、実は此のコツで行ったのであって、監督が一人の女優を――殊に自分の愛する女を――スタアに仕立て上げるためには、芸を教え込むよりも監督自身がその女の四肢の特長をはっきりと摑み、それの一々の変化を究めて、そこから無限に生れて来る美を発展させればいいのであると、そう云うのが彼の持論であった。彼女は中田の監督の下に幾種類もの絵巻きを撮ったが、それらは「劇」と云うよりも有りと有らゆる光線の雨と絹の流れに浴《ゆあ》みするところの、一つの若い肉体が示したいろいろのポーズの継ぎ合わせであるに過ぎない。彼女は何万尺とあるセルロイドの膜の一とコマ一とコマへ、体で印を捺して行けばよかった。つまり彼女と云う印材に中田はさまざまな記号を彫り、朱肉を吟味し、位置を考えて、それを上等な紙質の上へ鮮明に浮かび出させたのである。

由良子は亡夫にそれだけの恩を負うていることは一生感謝するけれども、一とたび印材の良質であることが認められれば、朱肉や、位置や、紙質は第二の問題であり、彫り手はいくらでも居るであろうし、まかり間違えば印材のままでもつぶしが利くことを知っている。だから中田に死なれても狼狽や不安を感ずるよりは、いささか恩を返したと云う心持ちの方が強かった。夫の臨終の枕もとに据わって彼女が洩らした溜息の中には、重い責任を首尾よく果たし終せた人の、満足に似たものさえもあった。兎に角彼女は夫を無事にあの世へ送り届けたのである。行く先のことは分らないけれども、今の彼女は何の疚しいところもなしに、蠟のように白い夫の死顔を気高しとも見、美しいとも見て、まだ消えやらぬ愛着のうちに身を置きながら、仏の前に合掌することが出来たのである。

さて前に云う遺書は、遺骨を持って貸別荘を引き上げる時に机の抽き出しから出たのであるが、それを彼女が読んだのは四五日過ぎてからであった。彼女は最初古新聞紙に包んである菊版の書物のようなものが、遺書であろうとは気が付かなかったし、又そんなものを夫が書き遺して行ったろうとは、少しも期待していなかった。そして糊着けになっているその新聞紙を破いて見たのも、ほんの気紛れからであった。新聞紙の下には又もう一と重新聞紙が露われ、その表面に「ゆら子どの、極秘親展」と毛筆で太く記されていた。二重に包まれた中から出て来たのは、背革に金の唐草の線の這入った、簿記帳のような体裁をした二百ページほどの帳面で、それへ細々と鉛筆で認めてあった。病人は須磨へ転地してから、ものうい海岸の波の音を聞きながら臥たり起きたりして暮らしていた一年近い月日の間に、暇にまかせて病床日誌を附けるように書きつづけて行ったのであろう。非常に長い分量のもので、鉛筆の痕がもうところどころ紙にこすれて薄くなっていた。なんにも胸に覚えのない由良子は、亡夫が何を打ち明けようとするのか不思議な感じに打たれたのであったが、やがて彼女を軽い戦慄に導いたところの奇異な内容、死んだ人間がそのために死を招いたと信じていたところの事実に就いては、下に掲げる遺書自らが語るであろう。——

＊　＊　＊

大正×年×月×日

私は今日から、生きている間はお前に打ち明けない積りであった或る事柄を此処に書き留めて行こうと思う。と云う訳は、私は矢張り生きられそうにも思えないからだ。ゆうべお前が帰る時にいろいろ力をつけてくれたり慰めてくれたりしたけれども、あれから独り考えて見ると、どうも自分の運命は一直線に「死」を目指しているような気がする。そうしてそれが今の私には不安ではなく、却って一種のあきらめに似た安心になってしまったようだ。二十九やそこらで死ぬのは惜しいが、私はお前の若い美しい盛りの時を私の物にした。その上お前にこんなにも深く愛されながら逝くことを思えば、そう不仕合わせな一生でもない。こう云えばお前は、あたしだってまだ二十二だから盛りの時が過ぎ去ったと云う歳でもなし、此れからもっと美しくなり、もっとあなたを愛して上げますと云うかも知れない。しかし私は、今その事を書いて行くのだが、実は肺病で死ぬのではなく、外に原因があって死ぬのだ。その事が私を病気にし、生きる力を私から奪ってしまった。私に取ってはその事が「死」だった。それは恐らくお前が聞いても気持ちのいいことではなさそうだから、いっそ永久に知らせまいかとも思うのだけれど、そうかと云って、せめてお前にでも訴えないで死んでしまうのは、あんまり情ない気がしてならない。全く考えように依っては、こんなことで一人の人間が死ぬなんて、馬鹿々々しいようなことでもあるのだ。が、まあ兎も角も聞いて貰おう、少し読めば分るように、此れはお前と云うものにも至大の関係があるのだから。

　話はずっと前のことだが、私がまだ達者でいた時分、――あれは一昨年の五月の半ば頃だったと思う。或る雨の降る晩に、私は京極のカフェエ・グリーンで一人の見知らない男とさし向いに、洋食の皿をつッついていた。何でもお前の「黒猫を愛する女」が封切りされた日で、私は池上や椎野と一緒に「ミヤコ・キネマ」へあの絵を見に行った帰りだった。尤もカフェエへ寄ったのは私一人で、二人は外に行く処があって別れたのらしい。見知らない男は私より前に来ていたので、私は何気なく、彼のさし向いの椅子が空いていたから腰を下した。それからやや暫くの間は、黙ってテーブルを挟んでいたに過ぎなかったが、そのうちに斯う、彼は妙にジロジロと私の顔を見て、時々口辺に微笑を浮かべながら、何か話しかけたそうにしている。それは人の好い男が酔っ払って、（彼はチーズを肴にしてウイスキーを飲んでいた。）相手欲しやの時に示すあの態度なので、可愛げのある、とても憎めない眼つきをしていた。いつもなら斯う云う場合に、私の方から早速話しかけるのだけれど、その晩は此方に酒の気がなかったし、それにその男は四十恰好の上品な紳士だったから、そう不作法に打つかる訳にも行かなかった。彼の様子には大変人なつッこい所もあるが、臆病な、はにかむような、女性的な所もあるようだった。彼が私の方を向いたり笑ったりするのも、極めて遠慮がちにやるので、大概は此方へ横顔を見せるように斜ッかいに腰かけ、両脚の間へスネーク・トゥリーのステッキを立てて、その柄の握りを頤の下へ突ッかい棒にしながら、独りでモジモジしているのだ。そんな工合で、私が食後の紅茶を飲みにかかる迄はとうとうきッかけがなかったんだが、やがて突然、

「失礼ですが、君は映画監督の中田進君ではないですか。」

と、思い切ったように声をかけた。

私は改めて彼の顔を見上げたけれど、——雨に濡れたクレバネットの襟を立てて、台湾パナマの帽子を被っているその目鼻立ちは、全く覚えがないのであった。

「ええ、そうですが、忘れていたら御免下さい、何処かでお目に懸ったことがありましたかしら?」

「いいえ、今夜が始めてですよ。君はさっきミヤコ・キネマにおられたでしょう。僕はあの時君等の後ろにいたもんですから、話の模様で君が中田君だと云うことが分ったんです。」

「ああ、あの絵を御覧になりましたか。」

「ええ、見ました。僕は深町由良子嬢の絵は殆んど総べて見ていますよ。」

「それは有り難いですな、大いに感謝いたします。」

そういったのは、中学生や何かと違って、分別のあるハイカラそうな紳士が云うのだから、私にしてもちょっと嬉しく感じたのだ。すると彼は、

「いやあ、そういわれると恐縮だな、感謝は寧ろ僕の方からしなけりゃあならん。」

と、きれいに搾った杯をカチンと大理石の卓に置いて、例のステッキの握りの上に載せた顔を、私の方へ間近く向けた。

「こう云うとお世辞のようだけれど、日本の映画で見るに足るものは、君の物だけだと僕は思う。どうも日本人は下らないセンチメンタリズムに囚われるんで、芝居でも活動でも湿っぽいものが多いんだけれど、君の写真は非常に晴れやかで享楽的に出来ていますね。活動写真と云うものは要するにあれでなけりゃあいかん。僕はああ云う映画を見ると、日本が明るくなったような気がして、頗る愉快に感じるんです。」

「そう云って下さる人ばかりだといいんですがね、中には亜米利加の真似だと云って、ひどくくさす人があるんですよ。」

「なあに、亜米利加の真似で差支えない、面白くさえありゃあいいんだ。尤もそれを下手に真似られちゃあ困りものだが、君はたしかに亜米利加の監督と同じ理想、同じ感覚で絵を作っている。あれなら亜米利加人が見たって決して滑稽に感じやしない。どうですか君、君の映画を西洋人に見せたことはないですか。」

「いや、どうしまして、まだまだとてもお耻かしくって、……」

「そんなことはない、それは君の謙遜じゃあないかな。僕なんぞは君、此の頃西洋物よりも君の絵の方を余計見ているくらいなんだが、西洋物にちっとも劣らない印象を受ける。時にはそれ以上の感興を覚える。……」

「どうもそいつは、……そいつは少し擽ったいなあ。」

どういう了見か分らないが、余りその男が褒め過ぎるんで、私は少しショゲたのだった。さればと云って、その男は人を茶化している様子でもなかった。私はただ、彼が見かけよりは恐ろしく酔っているらしいことに気がついただけで、それは屢《しばしば》大酒家にある、飲むと眼がすわって、変に物言いが落ち着いて来て、血色が青ざめて来るたちの、あるねちねちした酔い方だった。だから一見したところでは、時々ジロリと鋭い瞳を注ぐ以外には殆んど真面目で、言葉の調子もいやにのろのろと気味が悪い程穏やかなのだ。

「いや君、ほんとうだよ、お世辞を云っているんじゃない。」

と、彼は泰然として云うのだった。

「けれども僕は、君の手柄ばかりだとは云わない。いくら監督がすぐれていてもそれに適当な俳優を得なければ駄目な訳だが、その点に於いて君は幸福な監督だと思う。由良子嬢は非常に君の趣味に合っている。全く君の映画のために生れて来たような婦人に見える。ああ云う女優がいなかったら、とても君の狙っている世界は出せないだろうな。――おい、おい、」と、そこで彼は女給を呼んで「姐さん、ウイスキーを二杯持っておいで」と、その物静かな口調で命じた。

「僕ならお酒は頂きませんが。」

「まあいい、折角だから一杯附き合ってくれ給え。君の映画のために、そうして君と由良子嬢の健康のために祝杯を挙げよう。」

一体此の男は何商売の人間だろう？　新聞記者かしら？　弁護士かしら？　銀行会社の重役のようなもので、のらくら遊んでいる閑人《ひまじん》かしら？　と云うのは、最初は臆病らしく思えたが、だんだん話し込んでいるうちに何処か鷹揚なところがあって、私を子供扱いにする様子が見える。しかし私は先がそれだけの年配ではあり、気のいい伯父さんに対するような親しみもあるので、多少迷惑には思いながら、強いて逆らわないで彼の杯を快く受けた。

「ところであの、『黒猫を愛する女』と云うのは誰の原作ですか。」

「あれは僕が間に合わせに作ったんです。いつも大急ぎで作るもんですから、碌なものは出来ませんでね。」

「いや結構、あれでよろしい。由良子嬢には打ってつけの物だ。――由良子嬢が風呂へ這入っていると、あすこへ猫が跳び込んで来るシーンがあるが、あの猫はよく馴らしたもんだな。」

「あれは家に飼ってあるので、由良子に馴着いているんですよ。」

「ふうん、………それにしても、西洋では獣を巧く使うが、日本の写真では珍しいな。由良子嬢もいつもながら大変よかった。湯上りのところは殆んど半裸体のようだったが、ああ云う風をして見られるのは、日本の女優では由良子嬢だけだろう。なかなか大胆に写してある。」

と、何やら独りでうなずいているのだ。

「あすこン所は検閲がやかましくって弱ったんです。僕の作るものは一番当局から睨まれるんですが、今度の奴は西洋物以上に露骨だと云うんでね。」

「あははは、そうかも知れんね。風呂場から寝室へ出て来る時に、うすい絹のガウンを着て、逆光線を浴びるところ、―――」

「ええ、ええ、あすこ。あすこは二三尺切られましたよ。」

「あすこは体じゅうが透いて見えているからね。―――けれどもあれは今度が始めてじゃないじゃないか。あの程度の露骨なものは前にもあったように思うが、………あれはたしか、『夢の舞姫』と云うんだったか、………」

「ああ、あれも御覧になったんですか。」

「うん、見た。あン中にちょうど今度のシーンと同じようなところがある。尤もあれは風呂場じゃあなかった、由良子嬢が舞姫になって、楽屋で衣裳を着換えているところだったが、あの時は乳と腰の周りの外には何も着けていなかったようだね。君はあの時は逆光線を使わないで、由良子嬢の右の肩の角からずうッと下へ、脚の外側を伝わって靴の踵まで光のすじが流れるように、横から強い光線をあてたね。」

「ははあ、よく覚えておいでですなあ。」

　私がちょっと呆れ返ったように云うと、

「うん、それは覚えている訳があるんだ。」

　と、彼は得意そうにニヤニヤして、だんだんテーブルへ乗り出して来ながら、

「あの絵には由良子嬢の体の中で、今までフイルムに一度も現われなかった部分が、二箇所写されていたと思うね。君はあの絵で、始めて由良子嬢の臍を見せたね。僕は乳房の下のところからみぞおちへ至る部分までは、前に『お転婆令嬢』の中で見たことがあったが、臍は未知の部分だった。あすこを見せてくれたのは大いに君に感謝している。……」

　私は「夢の舞姫」の絵でお前の臍を写したことは、人から云われる迄もなくちゃんと覚えている。お前も多分あれを忘れはしないだろう。私はお前を撮影する時、お前の体のどんな細かい部分をも不用意に写したことはなかった。運動筋肉のよじれから生ずるたった一本の皺と雖、それがフイルムに現われている以上、決して偶然に写ったのでなく、予め写るように計画したのだ。お前が体をどの方向へどれだけの角度に捩じ曲げれば、何処の部分に何本の皺が刻まれて、それらがどう云う線を描く

かと云うことを、恰も複雑な物語の筋を組み立てるように詳しく調べてやったことだ。だからあの絵でも『お転婆令嬢』でも、成るほど此の男の云う通りには違いないので、私の苦心を彼がそんなに酌んでくれたのは有り難い仕合わせであるけれども、しかしどうも、………妙なことばかりいやに注意して見ている奴だ、と、そう思わずには居られなかった。ところが彼は私が変な顔つきをするのに頓着なく、お前の体に就いての智識を自慢するようにしゃべり続ける。——

「けれども何だよ、由良子嬢の臍が深く凹んだ臍だと云うことは、——僕は出臍が嫌いなんだ。——実は前から知っていたんだ。それはほら、『夏の夜の恋』でびっしょり濡れた海水服を着て海から上って来るだろう？　あすこで体に引ッ着いている服の上から、臍の凹みがぼんやり分るね。君はあの凹みを見せるためにわざとあんなに服を濡らして、あすこン所をクローズアップにしたんじゃないかい？　どうもなかなか皮肉な監督だ、ストローハイム式だと僕は思ったよ。——だがあの時は、兎に角服の上からだったが、『夢の舞姫』で確実に分った、やっぱり想像していた通りの臍だったと云うことが。」

「へえ、するとあなたはそんなに臍が気になりますかね。」

私は冷やかすように云ったが、彼は何処迄も真面目だった。

「臍ばかりじゃない、総べての部分が気になるさ。『夢の舞姫』に始めての所がもう一箇所ある。」

「何処に？」

「何処にッて、君が知らない筈はなかろう。」

「知りませんなあ、そう云う所があったかなあ。」

「あったとも。――――足の裏だよ。」

彼は私が内心ぎょっとしたのを見ると、俄かに声高く笑い出した。

「あははははは、どうだい、ちゃんと中っただろう。何でもあれは、舞姫が素足で踊っていると、舞台に落ちているガラスの破片を踏んづける。可憐な舞姫は苦痛をこらえて踊りつづける。足の裏から血が流れて、舞台の上にぽたぽたと足の趾の血型がつく。その血型は斯う、爪先で歩いた恰好に、五本の趾が少し開いて印せられる。――そうだよ、僕は由良子嬢の足の親趾の指紋まで見た訳だよ。――それから、そうだ、踊ってしまうと、気がゆるんでばったり倒れる。それを舞姫に惚れている俳優が、抱き上げて楽屋へ担ぎ込む。椅子を二つ並べて、その上へ由良子嬢を臥して、ガラスを抜き取ったり洗ってやったりする。その時俳優は傷口を調べるために、テーブルの上の置きランプを床におろして、下から光線が足の裏を照らすようにする。ね、あの時だよ、由良子嬢の足の裏が始めてほんとうによく見えたのは。――」

「では何ですか、あなたはそう云う所にばかり眼をつけていらっしゃるんですか。」

「ああ、まあそうだよ。君にしてもそう云う見物の心理を狙っているんじゃないかね。僕のような人間が居て、君の作品を君と同じ感覚を以て味わって、由良子嬢の体をこんなに綿密に見ているとしたら、それが君の望むところじゃないかね。」

「ま、そう云っちまえばそんなもんだが、何だかあなたは薄ッ気味が悪いや。」

「あはははは、ではもう少し薄ッ気味悪くさせてやるかね」

その男の酔った瞳に、意地の悪い、気違いじみた光が輝やき出したのはその時だった。彼の顔色は前よりも青ざめ、唇のつやまでなくなっていた。私は何がなしに不吉な予覚を感じたが、今此の男に魅《みい》られたと云う形になって、逃げ出す訳にも行かなかった。それに私は当然一種の好奇心にも駆られていた。

「どんな事ですか、そのもう少し薄ッ気味が悪いッて云うのは？」

「う、まあ追い追い聞かせるがね。」

と、彼は又女給を呼んで、「ウイスキーをもう二つだよ」と叫んでから、

「君は由良子嬢の体に就いては、此の世の中の誰よりも自分が一番よく知っている積りなのかい？」

「だってそうでしょう、長年僕が監督している女優だし、それに何です、御承知かも知れませんが、あれは僕の女房なんです。」

「左様、君は由良子嬢の亭主だ。そこで僕は、亭主と僕と孰方《どっち》が由良子嬢の体の地理に通じているか、そいつを確かめてみたいと云う希望を持っているんだよ。こう云うと君は、そんな物好きなことを考えるなんて不思議な奴だと思うだろうが、此処に一人の人間があって、その男はまだ、君の奥さんを

一度も実際には見たことがないんだ。そうしてただフイルムの上で長い間研究して、君の奥さんの体じゅうの有あらゆる部分を、肩はどう、胸はどう、臀はどうと云う風に、それをはっきり突き留めるためには或る場面のクローズアップを五たびも六たびも見に行ったりして、今では既に眼をつぶっても頭の中へその幻影が浮かび上る程、すっかり知り尽してしまったとする。そう云う人間が、或る晩偶然その女の亭主に、――…………………………と思われる男に出遇ったとしたら、今も云うような物好きな希望を持つのは当り前だよ。」

「ふうん、……そうすると、あなたがつまりその人間で、そんなに僕の女房の体を知っていると仰っしゃるんですか。」

「ああ、知っている、嘘だと思うなら何でも一つ聞いて見給え。」

私が黙って、眼をぱちくりさせている間に彼は躊躇なく言葉をついだ。

「たとえば由良子嬢の肩だがね、あの肩は厚みがあって、而も勾配がなだらかで、項の長いせいもあるが、耳の附け根から腕の附け根へ続く線が、もしもそれを側面から見ると、何処から腕が始まるのだか分らない程ゆるやかに見える。頸は豊かな脂肪組織に包まれていて、喉の骨や筋肉は殆んど見えない。纔かに横を向いた時に、耳の後ろの骨がほんの少し眼立つぐらいだ。ついでに背中の方へ廻ると、肩胛骨が、腕を自然に垂れた場合は矢張り脂肪で隠されている。が、さればと云って、二つの肩胛骨のくぎりが全然分らないのではない。なぜかと云うと由良子嬢の背中には異常に深い背筋が通っているからだ。そのために嬢の背中は、二つの円筒を密着させたように見える。そうして円筒と円筒との境目にある溝が背筋だ。その溝の凹みにはいつでも暗い蔭が出来ていて、余程強い光線を真正面からあてない限り、蔭が残らず消え失せることはめったにない。嬢が真っ直ぐに立った場合には、背筋の末端、腰の蝶番いあたりのところで、堆かい臀の隆起が、一層その蔭を大きくさせる。嬢が体を左へねじると、ねじった方の脇腹へ二本の太いくびれが這入る。くびれとくびれの間の肉が一つの円い丘を盛り上げる。同時に右の脇腹の方に、肋骨《あばらぼね》の一番下の彎曲だけが微かに現われる。……」

いやな奴だとは思いながら、此れを聞いている私の心には、お前の美しい背中の形が生き生きと浮んだ。お前も多分此処を読む時に、裸体になって鏡の前に立って見る気になりはしないか。そうして背筋の深さだの、脇腹に出来る二本のくびれだの、肋骨《あばらぼね》の露出だのを試しながら、いかに此の男がお前の写真をよく見ているかを想像して、私と同じ薄気味の悪さに襲われはしないか。………

「そうです、そうです、あなたの仰っしゃる通りですよ。そんなら背中以外の部分は？」

と、私は知らず識らず釣り込まれて、そう云わずにはいられなかった。するとその男は、

「君、鉛筆を持ってないかね。」

と、卓上にあった献立表の紙をひろげて、

「口で云ったんじゃまどろッこしいから、図を画きながら説明しよう。」

と云うのだった。そしてお前の腕はこう、手はこう、腿はこう、脛はこうと、順々にそこへ描き始

めた。

　彼の線の引き方には、どう考えても絵かきらしい技巧はなかった。(彼が絵かきでないと云う私の推察が中っていたことは、後になってから分ったのだが。)「此処のところがこんな工合で、此処が斯うで」と云いながら、ゆっくりゆっくりと不器用な線をなぞるようにして彼は描いた。時には眼をつぶって上を向いて、じーいッと脳裡の幻を視詰めるような塩梅だった。が、その怪しげな、たどたどしい鉛筆の跡が次第にでっち上げる拙い素描、幼稚な絵の中に、しろうとでなければとても画けない変な細かさと、毒毒しさと、下品さとを以て、執念深く実物に似せた形があるのだ。或る特長を小器用に捕えて、此れが誰の顔と分る程度の漫画式の似顔を画くなら、そんなにむずかしい業ではない。けれども彼の描くのは顔でないのだ。お前の腕、お前の指、お前の腿を切れ切れに描いて、それらが私の眼に訴える感じでは、決して外の誰のでもなく、お前のものに違いないのだ。彼はお前の体じゅうに出来るえくぼと云うえくぼ、皺と云う皺を皆知っていた。それは芸術とは云えないだろうが、何にしても驚くべき記憶力だ。そうして彼はその記憶するところのものを、一つも洩らさず寄せ集めて、丹念に紙の上へ表現するのだ。

　私はその後、有田ドラッグの店の前を通ると、此の男の画いた素描を想い出すことがしばしばあった。あの蠟細工の手だの首だのの、ぬらぬらした胸の悪い感じ、……それでいて何処か人間の皮膚らしい感じ、……此の男の絵はちょうどあれだった。たとえばお前の腿から膝あたりを画くのに、此の男はお前が膝を伸ばしている時と「く」の字なりに曲げている時とで、膝頭のえくぼにどれだけの変化が出来、何処の肉が引き締まり、何処の肉がたるむと云う区別をつけて二た通りに画く。その肉のふくらみを現わすのには細かい線で陰翳を取って行くのだが、それが実にぬらぬらと、お前の肉置《ししお》きのもっちゃりとした心持ちをよく出しているのだ。此の男は踵の円みから土踏まずへのつながりを描いただけで、お前の足を暗示させる。そうしてお前の足の第二趾が親趾よりも長いことや、それが大抵親趾の上へ重なっていることを見落していない。足の裏を画かせると、五本の趾の腹を写して、此れが小趾の腹、薬趾の腹だと云う風に、それぞれの特長を摑まえている。私にしてもお前の足の爪研きを手伝ったことがなかったら、こうまで詳しくは知りようがないし、きっと此の男に耻を搔かされたに違いなかろう。

「乳とお臀の恰好を知るのには苦心をしたよ。」

と、此の男は白状した。彼が云うには、お前の体で今までフイルムに露出されない部分と云っては殆んどないのだが、乳房の周囲と腰から臀の一部分だけが、どんな場合にも一と重の布で隠されていた。長い間、彼はその布の上に現われる凹凸の工合に注意していた。すると運よく「夢の舞姫」の時に、お前がシュミース一枚になって、そのシュミースの紐がゆるんでいることがあった。お前はそのなりで床に落ちている薔薇の花を拾った。拾った瞬間に体を前へ屈めたから、自然シュミースが下方へたるんで、紐のゆるんだ隙間から、——彼の形容詞に従えば「印度の処女の胸にあるような」完全にまんまるな、「二つの大きな腫物のように」根を張ったところの乳房が見えた。乳首までは見えなかったが、もうそれだけで彼にはお前の乳の全景を想像するのに充分だった。人間の体は、或る一箇所か二箇所を除いた外の部分が悉く分ってしまえば、その分らない部分に就いても、代数の方程式で既知数から未知数を追い出せるように、推理的に押し出せる。——彼はそう云う風にして、いろいろのシーンから既知の肉体の断片を集めて、それらに依って未知の部分、——お前の臀の筋肉のかげとひなたとが斯うでなければならないことを、割り出したと云うのだ。

「どうだね君、僕はまるで参謀本部の地図のように明細に、何処に山があり何処に川があるかと云うことを一々洩れなく絵に画けるんだよ。君は亭主だと云うけれども、こんなに精密に暗記しているかね。」

テーブルの上には、もう何枚かの紙切れが散らばっていた。彼は献立表の裏へ一杯にその「地図」を画きつぶしてしまうと、やがてポッケットから「ミヤコ・キネマ」のプログラムを探り出して、その裏へ画き、ナフキンペーパーの上へ画き、しまいには大理石の上にまで画いた。その仕事は彼に非常な興奮と悦楽とを与えるらしく、黙っていればまだ何枚でも画きそうにするのだ。

「もし、もし、もう分りました。もうそのくらいで沢山ですよ。とてもあなたには敵いませんや。」

「それから、——そうそう、活劇をやったり感情の激動を現わしたりする時に、息をはっはっと強くはずませることがあるね。そうすると斯う、此処の頸の附け根のところに、脂肪の下からほんのちょっぴり骨が飛び出すよ、こんな工合に、……」

「いや、――いやもう結構、もう好い加減に止めて下さい。」

「あはははは、だって君、君の最愛の女の裸体画を画いてるんだぜ。」

「それはそうだが、あんまり画かれると気持ちが悪いや。」

「そんなことを云ったって、君は年中女房のはだかを写真に撮って、飯を喰っているんじゃないか。それから見ると僕の方は割が悪いよ、此れだけ画けるようになるには容易なことじゃないんだがね。」

「分りました、分りました。僕は此の絵を貰って行きますよ。こいつを女房に見せてやります。」

私はそう云って、それらの紙切れを急いでポッケットへ捩じ込んだが、彼は内心お前に見せて貰いたいのか、それともそんなものは、画こうと思えばいくらでも画けるので惜しくもないのか、私のするままに任せていた。しかし私は、勿論此れをお前に見せる積りではなく、直きに破いて便所へ捨ててしまったが、見せたらお前は嘸かし胸を悪くしたろう。お前はお前の美しい体が、有田ドラックの蠟細工にされたところを想像するがいい。……

「帰るならそこまで一緒に行こう」とその男が云うので、二人つれ立ってカフェエを出たのは九時頃だったろう。私は既に二時間近くも、此の何者とも分らない人間の酒の相手を勤めたのでありながら、どう云う訳で又のこのこと附き合う気持ちになったものか、多分私は、彼を薄気味の悪い奴だと思う一方、次第に変な親しみを感じさせられていたせいであろう。此の男を気味が悪いと云うのは、つまり此の男が余りにもよく私自身に似ている点があるからではないか。此の男は私と同じ眼を以て、お前の肉体の隅々を視ている。そうして而も、彼は此の世で直接お前には会ったことがない。天から降ったか地から湧いたか、彼はふらりと私の前に現われて、私でなければ知る筈のない私の恋人、私の女神の美を説いて聞かせる。私は彼を恋敵として嫉妬する理由は少しもない。なぜなら彼の知っているのは、フイルムの中の幻影であって、私の女房のお前ではない。影を愛している男と、実体を愛している男とは、影と実体とが仲よくむつれ合うように、手を握り合ってもいいではないか。………

私はそんなことを考えながら、その男の歩く通りに喰っ着いて行った。その男は、京極を河原町の方へ曲って、あの薄暗い街筋を北へ向って歩いて行く、空はところどころ雲がちぎれて、星がぼんやり見えたり隠れたりしていたが、まだあたりには霧のような糠雨が立ち罩めている。そして折々、ぼうっと街灯に照らし出される彼の姿は、実際一つの「影」の如くにも見えるのであった。

「君は勿論、由良子嬢は君以外の誰のものでもない、確かに君の女房であると思っているだろう。――」

と、彼は半分独り語のようにそう云い出した。

「――けれども君の女房であると同時に、僕の女房でもあると云ったら、君はどう云う気がするかね。」

「一向差支えありません。どうかあなたの女房になすって、たんと可愛がって頂きたいですな。」

と、私は冗談のような口調で云った。

「と云う意味は、僕の女房の由良子嬢は要するにただの写真に過ぎない。だから何の痛痒も感じないし、やきもちを焼くところはないと、君はそう思って安心していると云う訳かね。」

「だって、あなた、そんなことを気にしていたら、女優の亭主は一日だって勤まりやしませんよ。」

「成る程、そりゃあそうだろう。だがもう少しよく考えて見給え。第一に僕は聞きたいんだが、一体君は、君と僕と孰方《どっち》がほんとうの由良子嬢の亭主だと思う？　そうして孰方《どっち》が、亭主としてより以上の幸福と快楽とを味わっていると思う？」

「うへッ、大変な問題になっちゃったな。」

私はそう云って茶化してしまうより仕方がなかったが、その男は闇を透かして、私の顔を憐れむように覗き込みながら云うのだった。

「君、君、冗談ではないよ、僕は真面目で話してるんだよ。――僕の推測に誤まりがなければ、多分君は斯う思っているだろう、僕の愛しているのは影だ、君の愛しているのは実体だ、だからそんなことはてんで問題になる筈はないと云う風に。――しかし君にしても、フイルムの中の由良子嬢は死物ではない、矢張り一個の生き物だと云うことは認めないだろうか？」

「認めます、それは仰っしゃる通りですよ。」

「では少くとも、フイルムの中の由良子嬢が、君の女房の由良子嬢の影であるとは云えないと思うね、既に生き物である以上は。――いいかね、君、こいつを君は忘れてはいけない、君の女房も実体だろうが、フイルムの中のも独立したる実体だと云うことを。――こう云うとそれは屁理屈だ、二つが共に実体だとしても、孰方《どっち》が先に此の世に生れたか、君の女房が居なければ、フイルムの中の由良子嬢は生れて来ない、第一のものがあって始めて、第二のものが出来ると云うかも知れないが、もしそう云うなら、君の愛しているところの、そうして恐らく崇拝してさえいるだろうところの、真に美しい由良子嬢と云うものは、フイルム以外の何処に存在しているのだ。君の家庭に於ける由良子嬢は、『夢の舞姫』や、『黒猫を愛する女』や、『お転婆令嬢』で見るような、あんな魅惑的なポーズをするかね。そうして孰方《どっち》に、由良子嬢の女としての生命があるかね。………」

「御尤もです、僕もときどきそう云う風に考えるんです。僕はそいつを僕の『映画哲学』と名づけているんです。」

「ふふん、映画哲学か、」

と、その男は、妙に私に突ッかかるように云いながら、

「そうすると結局、斯う云うことが云えないだろうか、――フイルムの中の由良子嬢こそ実体であって、君の女房は却ってそれの影であると云うことが？　どうだね君の哲学では？　君の女房はだんだん歳を取るけれども、フイルムの中の由良子嬢は、いつ迄も若く美しく、快活に、花やかに、飛んだり跳ねたりしているのだ。もう十年も立った時分に、君はしみじみ昔の姿を思い起して、ああ、あの時分にはこんなではなかった、あすこの所にあんな皺はなかったのに、いつあんなものが出来たんだろう、そうして体じゅうの関節にあった愛らしいえくぼは、何処へ消えてしまったんだろうと、そう

思う時があるとする。その時になって、もう一度昔のフイルムを取り出して、映して見るとする。君は定めし、えくぼは消えてなくなったんでも何でもない、永遠に彼女の体に附いていることを発見するだろう。君の女房は衰えたかも知れないが、夢の舞姫は今でも矢張り、シュミースの下に円々とした乳房を忍ばせ、床に落ちた薔薇の花を拾うだろう。黒猫を愛する女は、相変らず風呂へ這入ってぼちゃぼちゃ水をはねかしながら、猫と戯れているだろう。君はその時、君の若い美しい女房はフイルムの中へ逃げてしまって、現在君の傍に居るのは、彼女の脱け殻であったことに気がつく。君はそれらの映画を見て、一体此れは自分が作った絵なのか知らん、自分や自分の女房の力で、こんな光り耀やかしい世界が出来たのか知らんと、今更不思議な感じに打たれる。そうして遂に、此れらのものは自分たち夫婦の作品ではない、あの舞姫やお転婆令嬢は、自分の監督や女房の演技が生んだのではなく、始めからあのフイルムの中に生きていたのだ。それは自分の女房とは違った、或る永久な『一人の女性』だ。自分の女房はただ或る時代にその女性の精神を受け、彼女の俤を宿したことがあるに過ぎない。自分たちこそ、彼女のお蔭で飯を食わして貰っていたのだと、そう思うようになるだろう。……」

「そりゃあ成る程理屈としては面白いですが、僕の女房が歳を取るように、フイルムの中の彼女だってだんだんぼやけてしまいますよ。フイルムと云うものは永久不変な性質のものじゃないんですから。……」

「よろしい、そこで吾が輩は云うことがあるんだ。――君は僕が、何のためにこんなにたびたび由良子嬢の映画を見に行くか、そうして何のために、こんなに詳しく由良子嬢の地理を覚え込んだか知っているかね。さっきも絵に画いて見せたように、僕はこうして眼をつぶりながらでも、彼女の体を好きなようにして眺められる。『さあ、由良子さん、立って下さい』と云えば立ってくれるし、『据わって下さい』『臥て下さい』と云えば、僕の云う通りになってくれる。僕は彼女を素ッ裸にして、背中でも、臀でも、何処でも見られるし、倒まにして足の裏を見ることも出来る。君は亭主だと云うけれど、自分の女房をそんなに自由に扱えるかね。假りに自由にさせられるとしても、こうして此処を歩いている今、彼女を抱くことが出来るかね。僕の方の由良子嬢は、どんな時でも、呼びさえすれば直ぐにやって来て、どれほどしつッこい注文をしても、いやな顔なんかしたことはない。君の女房は歳を取るだろうが、僕の方のは、たとえフイルムがぼやけてしまっても、今では永久に頭の中に生きているのだ。つまりほんとうの由良子嬢と云うもの、——彼女の実体は僕の脳裡に住んでいるんだよ。映画の中のはその幻影で、君の女房は又その幻影だと云う訳なんだよ。」

「けれどもですね、さっきあなたも仰っしゃったように、僕の女房が居なければ映画が生れて来ないでしょう? 映画がなければあなたの頭の中のものだって無い訳でしょう? それにあなたが死んじまったら、その永久な実体と云う奴はどうなりますかね。そこン所がちょっと理窟に合わないようじゃありませんか。」

「そんなことはない、此の世の中には君や僕の生れる前から、『由良子型』と云う一つの不変な実体があるんだよ。そうしてそれがフイルムの上に現われたり、君の女房に生れて来たり、いろいろの影を投げるんだよ。たとえばだね、僕は以前亜米利加のマリー・プレヴォストの絵が好きだったが、君もあの女優は好きなんだろうね。いや、改めて聞く迄もない。」

と、彼は私の驚いた色を看て取りながら云うのだった。

「君は恐らく由良子嬢を発見した時に、これは日本のマリー・プレヴォストだと思ったんじゃないかね。そう云えば、――そうだ、――プレヴォストにも風呂へ這入る場面があったね。やっぱり由良子嬢のように体の透き徹るガウンを纏って、風呂から上って、湯殿の出口でスリッパーを穿くところがある。――あれはもう何年前のことだったか、随分古い写真だけれど、僕は今でもよく覚えている。あの時プレヴォストは後ろ向きに立ちながら、なまめかしいしなを作って、スリッパーを突っかけた。突っかける時にわれわれの方へ足の裏を見せた。ね、そうだったろう、君も覚えているだろう？ あの場面はソフト・フォーカスだったので、彼女の全身が朦朧と見えたに過ぎないけれど、しかしあの女優の顔つきや体つきの感じは由良子嬢にそっくりじゃないか。殊にクローズアップで見ると、仰向いた時の鼻の孔の切れ方が実に似ている。腕や手のえくぼもちょうど同じ所に出来る。裸体にしたらもっと似たところがあるだろうし、臍も凹んでいるような気がする。――残念ながら僕はプレヴォストの臍を知らない。僕の知っているのは由良子嬢のと、『スムルーン』で見たポーラ・ネグリの臍だけだ。――が、そう云う風に、敢てプレヴォストばかりじゃない。由良子嬢に似ている女は此の世界中にまだ幾人も居るんだよ。うそだと思うなら、君は静岡の遊廓の××楼に居るF子と云う女を買ったことがあるかい？　その女は無論プレヴォストや由良子嬢ほどの別嬪ではない、いくらか型は崩れているが、それでも矢張り『由良子系統』であることはたしかだ。その女の体じゅうに出来るえくぼは由良子嬢の俤を伝えている。そうして何より似ているのは二つの乳房だ。…………………………………………」

そう云って彼は、彼の知っている限りの「由良子型」の女を数え挙げるのだった。その女たちは全身がそっくりそのままお前の通りではない迄も、なお何となく肌触りや感じに於いて同一であり、而も必ず、或る一部分はお前に酷似した所を持っていると云うのだ。たとえば今の静岡県のF子の胸には、お前と同じ乳房がある。お前の『肩』は東京浅草の淫売のK子と云う女が持っている。お前の『臀』は信州長野の遊廓の○○楼のS子が持っている。お前の『膝』は房州北條のなにがしの女に、お前の『頸』は九州別府温泉の誰に、その外お前の『手』は何処そこに、お前の『腿』は何処そこにある。彼はお前の肉体の部分部分を研究するのに、映画に就いたばかりではない、その女たちに就いても覚えた。さっきの「地図」はお前の「地図」であると同時に、その女たちの「地図」であると云うのだ。

「君、君、非常に都合の好いことには、由良子嬢のあの美しい『背筋』が、直き此の近所にあるんだよ。君は大坂の飛田遊廓を知っているだろう？　あすこへ行って、B楼のA子と云う女を呼んで、背中を出さして見給え。それからもっと近い所では、此の京都の五番町に『足』があるんだ。あすこの

C楼のD子と云う女だがね、日本人の足の趾は、親趾よりも第二趾の方が長いのはめったにない、ところがあの女のは由良子嬢のにそっくりなんだ。……」

それから彼は又「実体」の哲学を持ち出して、プラトンだのワイニンゲルだのとむずかしい名前を並べ始めたが、私はそんなくだくだしい理窟を覚えてもいないし、一々書き留める根気もない。要するにお前、――「由良子」と云うものは、昔から宇宙の「心」の中に住んでいる、そうして神様がその型に従って、此の世の中へ或る一定の女たちを作り出し、又その女たちに対してのみ唯一の美を感ずるところの男たちを作り出す。私と彼とはその男たちの仲間であって、われわれの心の中にも矢張り「お前」が住んでいると云うのだ。此の世が既にまぼろしであるから、人間のお前もフイルムの中のお前もまぼろしであるに変りはない。まだしもフイルムのまぼろしの方が、人間よりも永続きがするし、最も若く美しい時のいろいろな姿を留めているだけ、此の地上にあるものの中では一番実体に近いものだ。人間と云うまぼろしを心の中へ還元する過程にあるものだと云うのだ。……

「いいかね、君、そうなって来ると、君と僕とは由良子嬢の亭主として、一体どれだけの違いがあるんだ。君の持っている幸福で、僕のあずからないものが一つでもあるかね。僕は君と同等に、いや恐らくは君以上に彼女の体を知っている。僕は彼女をいかなる場合、いかなる所へでも呼び出して、着物を剥いで臥かしたり起したりさせられる。だがそれだけでは…………

………………

………。しかしそれでも不充分だ、完全な一人の『由良子嬢』として、…………………………………………………………………………………………………。よろしい、それなら僕の家へ来給え、実を云うと、僕は一人の『由良子嬢』を持っているのだ。――」

私は思わず立ち止まって、彼の顔を視詰めないではいられなかった。

「へえ？　あなたも由良子を持っていらっしゃる？――そりゃアあなたの奥さんなんですか。」

「うん、僕の女房だ、――君の女房と孰方《どっち》がほんとうの『由良子』に近いか、何なら見せてやってもいいがね。」

此処に至って、私の好奇心が絶頂に達したことは云う迄もあるまい。此の男の言動はますます出てますます意外だ、不思議な奴もあればあるもんだ。――が、その云うところは私の図星を刺す点もあり、ちゃんと辻褄が合っているのだから、此奴がまさか気違いではなかろう。多少気違いであるとしても、私は彼の異性に対する観察の細かさ、感覚の鋭さには敬服している。私は当然、彼の細君、――彼の「由良子」と称する婦人に会ってみたくて溜らなくなった。それに此の男は未だに身分を明かさないので、こうなって来るといよいよそれが知りたくもあった。

「どうだね、君、僕の女房を見たくはないかね。――」

と、彼は横眼で人の顔色を窺いながら、イヤに勿体を附けるような口調で云うのだった。

「――見る気があるなら見せて上げるが、……」

「気がないどころじゃありません、是非ともお目に懸りたいもんです。」

「それでは僕の家へ来るかね。」

「ええ、伺います。――いつ伺ったらいいんですか。」

「いつでもよろしい。今夜でもいいんだ。」

「今夜？――」

「ああ、此れから一緒に来たらどうかね。」

「だって、――もう遅いじゃありませんか。お宅は一体どちらなんです？」

「直きそこなんだ。」

「直きそこと云うと？――」

「自働車《じどうしゃ》で行けばほんの五分か十分のところさ。」

気がついて見ると、私たちはもう出町橋の近所まで来ていた。そして時刻は彼れ此れ十時半なのである。此の男は何でもない事のように「今夜行こう」と云うけれども、始めて近づきになった私をこんな夜更けに自分の家へ連れて行って、細君に引き合わす積りなのだろうか？　それ程御自慢の細君なのだろうか？

「変だなあ、担がれるんじゃないのかなあ。――」

「あはははは、そんな人の悪い男に見えるかね、僕は？」

「けれども、あなた、此れから伺うと十一時になりますぜ。あなたはいゝと仰っしゃったって、奥さんに悪いじゃありませんか。」

「ところが僕の女房は、そりゃあ頗る柔順なもんでね、僕が何時に帰ったって怒ったことなんかないんだよ。いつもニコニコして機嫌よく僕を迎えるんだ。その夫婦仲のいいことと云ったら、――そいつを今夜是非とも君に見せてやりたい。」

「冗談じゃない、アテられちゃうなあ！」

「うん、まあアテられる覚悟で来ることが肝要だね。」

「肝要ですか。」

「アテられるのが恐ろしいかね。」

「恐ろしいかッて、――そいつは少し、――タジタジと来ますな。」

「あはははは、君は年中自分の女房を見せびらかしているんだから、今夜はどうしても僕の女房を見る義務がある。此処で逃げるのは卑怯だぜ。来給え、来給え。」

もうそう云っている時分には、彼は私の腕を捉えて、橋の西詰にある自働車屋の方へぐいぐい引っ張って行くのだった。

「いや、こうなったら逃げやしません、度胸をきめます。――」

彼は私を自働車屋の前へ待たして置いて、自分だけツカツカと奥へ這入って、小声で行く先を命じていた。その時私は、カフェエを出てから此の男の姿を始めて明るみで見たのであるが、さっきの酒が今頃になってそろそろ利いて来たのであろう、いつの間にやら彼の人相は別人のように変っていた。その眼は放埒に不遠慮に輝やき、口元には締まりがなくなり、鼻の孔はだらしなくひろがっている。眼深に被っていた台湾パナマの古ぼけた帽子が、後ろの方へずるッこけて、だだッ児のように阿弥陀になって、縮れた髪の毛が額へもじゃもじゃと落ちかかっている塩梅は、どうしても不良老年の形だ。老年と云えば、私はさっき此の男の年を四十恰好と踏んだのだけれど、帽子が阿弥陀になって見ると顔には思いの外小皺があって眼の皮がたるみ、髪にはつやがなく、鬢のあたりに白い物さえ交っていて、ひいき目に見ても四十七八、五十に近い爺《じじい》なのだ。彼の酔い方が私の想像していた以上であったことは、そのだらりとした態度や、足取りで明かだった。が、それでも彼は飲み足りないのか、

「おい。君イ、まだかあ！」

と、どら声を出して運転手を催促しながら、ポケットから余り見馴れない珍しい容れ物、――薄い、平べったい、銀のシガレットケースのような器を出して、頻りに喇叭呑みをやるのだ。

「何ですか、それは？」

「此れか、此れは亜米利加人が酒を入れてコッソリ持って歩く道具さ。活動写真によくあるだろう。」

「ああ、あれ。そんなものが日本にも来ているんですか。」

「彼方へ行った時に買って来たんだよ。此奴あ実に便利なんでね、こうしてチビリチビリやるには。……」

「盛んですなあ、いつもそいつを持ってお歩きになるんですか。」

「まあ夜だけだね。――僕の女房はおかしな奴で、夜が更けてからぐでんぐでんに酔っ払って帰ると、ひどく喜んでくれるんだよ」

「すると奥さんも召し上るんで？」

「自分は飲まないが、僕の酔うのを喜ぶんだね。つまり、その、何だ、……僕をヘベレケにさして置いて、有りったけの馬鹿を尽していちゃつこうって云う訳なんだ。」

私は彼がそう云った瞬間、何か知らないがぞうっと身ぶるいに襲われた気がした。此のイヤらしいノロケを云いながら、彼はゲラゲラと笑い続けて、私の眼の中を嘲けるが如く視つめている。私の顔は真っ青になったに違いなかった。何と云う不気味な狒々爺だろう。やっぱりキ印なのか知らん？……それに全体、女房々々と云うけれど、こんな爺に若い美しい女房なぞがあるのだろうか、変な所に妾でも囲ってあるのじゃないのか。………………

それから間もなく、二人を乗せた自働車は恐ろしく暗い悪い路をガタピシ走らせているのであった。私はあの時分、京都へ来てからまだ幾月にもならなかったので、あの晩何処を通ったのだか、今考えてもはっきり呑み込めないのだが、兎に角出町橋を渡ってから直きに加茂川が見えなくなって、やっと車が這入れるくらいなせせッこましい家並の間を、無理に押し分けるようにして右へ曲ったかと思うと、今度は又左へ曲る。雨は止んだが、空はどっぷり曇っているので山は一つも見えないし、もうどの家も戸が締まっていて、町の様子は分らないながら、ところどころにざあざあと渓川のような水音のする溝川がある。その男は窓から首を出して、「其処を彼方へ」とか「此方へ」とか、時々運転手に指図している。そのうちにだんだん家が疎らになって、田圃があったり立木があったり、ぼうぼうと繁った叢があったり、たしかに郊外の田舎路へ来てしまったらしい。

「驚いたなあ、何処まで連れて行かれるんです。大分遠方じゃありませんか。」

「まあいいじゃないか、乗った以上は黙って僕に任せ給え、君の体は今夜僕が預かったんだよ。ねえ、そうだろ？　そうじゃないか。」

「だけど一体、……いいんですかこんな所へ来てしまって？」

「いいんだってばいいんだよ、いくら酔ったって自分の家を間違える奴があるもんか。………どうだね、一杯？」

　車が揺れる度毎にどしんどしんと私の方へ打つかって来ながら、その男はよろよろした手つきで喇叭呑みをやっては、それを私にもすすめるのだが、次第にしつッこく首ッたまへ齧り着いて、まるで女にでもふざけるように寄りかかって来る、その口の臭さと、ニチャニチャした脂ッ手の気持ちの悪さと云ったらない。余程酒の上の良くないたちで、酔ったら人を困らせるのが常習になっているのだろう、何しろ私は飛んだ奴に摑まってしまった。

「もし、もし、済みませんが此の、……手だけ放してくれませんか、此れじゃあ重くって遣り切れねえや。」

「あははは、参ったか君。」

「参った、参った。」

「君と一つキッスをしようか。」

「ジョ、ジョ、冗談じゃあ、………」

「あはははは、由良子嬢とは一日に何度キッスするんだい？　え、おい、云ったっていいだろ？　三度か、四度か十ッたびぐらいか、…………」

「あなたは何度なさるんです？」

「僕は何度だか数が知れんね。顔から、手から、指の股から、足の裏から、あらゆる部分を………」

途端に彼はたらりと私の頰ッぺたへよだれを滴らした。

「うッ、ぷッ、………もう少し顔を……向うへやってくれませんか。」

「構わん、構わん、由良子嬢のよだれだったらどうするんだい？　喜んでしゃぶるんじゃないのかい？」

「そりゃアあなたじゃないんですか。」

「ああ、しゃぶるよ、僕はしゃぶるよ。………」

「馬鹿だなあ。」

「ああ馬鹿だとも。どうせ女房にかかっちゃあ馬鹿さ。惚れたが因果と云う奴だあね。」

「だけどよだれを舐めなくたって、………奥さんは幾つにおなりなんです？」

「若いんだぜ君、幾つだと思う？」

「そいつがどうも分りませんや、あなたの歳から考えると、………」

「僕はじじいだが、女房はずっと若いんだよ。悍馬のように溌剌たるもんだよ。まあ幾つぐらいだと思うね。」

「僕の女房と孰方《どっち》なんです？　由良子はちょうどなんですが、………」

「じゃあ同じ歳だ。」

「そんなに若い奥さんを？　失礼ですが第二夫人と云うような訳じゃあ、………」

「第一夫人で、本妻で、僕の唯一の愛玩物で、寧ろ神様以上のもんだね。」

　ゲラゲラと笑って、又よだれを滴らしながら、――

「どうだい、恐れ入ったろう。僕は女房に会うためにこんな淋しい田圃路を、いつも今時分に一人で帰って行くんだよ、自動車へも乗らずテクテク歩いて。………すると女房は僕の足音を聞きながら、奥の寝室の帳《とばり》の中でうつら〳〵と、ものうげな身をしょざいなさそうに、猫のように丸めて待っているのだ、体じゅうに香料を塗って、綺麗になって。……僕はそうッと寝室へ這入って、やさしく帳を分けながら、『由良子や、今帰ったよ、嘸淋しかったろうねえ。』――」

「ええ?」

「あははは、ビックリしたかい?」

「だって、名前まで『由良子』なんですか。」

「ああ、そう、『由良子』としてあるんだよ。そうしないと人情が移らんからね。」

やがて車は、こんもりとした丘の下で停った。

「此処だよ、此処だよ」と云いながら、彼は先へ立って急な石段を登り始める。懐中電灯を取り出して照らしながら行くところを見れば、成る程毎晩遅く帰って来るのであろう。段の両側には山吹が一杯、さやさやと裾にからまるくらい伸びている。青葉の匂いが蒸すように強く鼻を衝いて、懐中電灯の光の先に折々さっと鮮かな新緑が照らし出される。

「そら、もう其処だよ。」

と云われて、私は坂の上を仰いだ。見ると、軒灯が一つぼうッと灯った白壁の西洋館があった。

暗いのでよくは分らなかったが、その西洋館は丘の上にぽつりと一軒建っているので、隣り近所に家はないらしく、あたりは一面の籔か森であることは、今も云う青葉の匂いや、土の匂いや、もののけはいで感ぜられる。そうして欝蒼とした影が背後をうずだかく蔽っている様子では、うしろは崖か山になっているのだろう。石段を上り詰めると、突きあたりの正面に、白壁を仕切っての龕のように凹んだ入口がある。入口の扉は三尺ばかりの板戸であると思ったのだが、近づいて見るとガラス戸であった。家の内部に明りが灯っていないので、それが遠くからは黒い板戸に見えたのであった。さっき石段の下から望んだ一点の灯火は、その龕のような凹みの真上に、円筒型のシェードに入れられて、白壁の上へ朦朧と圏を描いている。西洋館とは云うものの、此の外構への塩梅では、四角な、平家の昼間みたらば殺風景な掘っ立て小屋のようなものらしい。……

彼はは〻はっと息を切らしながら、ポッケットから鍵の鎖をカチャカチャと取り出して、入り口の扉を開けた。私は彼のあとに続いて土間へ這入った。彼は内部から今の扉に鍵をかけて、泥だらけの靴を脱いで、手さぐりでスリッパアを穿いたようだった。――何処かにスイッチがあるのだろうに、明りをつけようとはしないで、暗闇でやっているのである。外の門灯がガラス戸を透してぼんやり映ってはいるものの、その覚束ない光線では、土間の様子はさっぱり私にはわからない。は〻はっと云う彼の吐息が俄かに酒臭く、けぢかく反響する工合から察すると、此の玄関はわりに狭いのに違いなく、ひどく窮屈な壁の間へ閉じ込められたような気がする。と、彼は再び懐中電灯を照らし始めた。光の先を床の方へ向けながら、何か捜し物をしているらしい。光がチラリと通り過ぎるあたりに、支那焼のステッキ入れと、鏡の附いた帽子掛けの台が見える。台には帽子が三つ四つ懸かっている。ソフトの中折れと、鼠色の山高と、鳥打ち帽と、普通の麦藁と。……台の下には革のスリッパアが二三足あって、中に一足、派手な鴇色の絹で作った、踵の高い、フランス型の女のスリッパアが交っている。――私が第一に驚いたのは此れであった。と云うのは、それは大分穿き馴らしたものらしく、脂じみた足型がついているのであるが、若し此のスリッパアを黙って見せられたら、私はきっとお前のものだと思うであろう。それは私の家にある、お前の穿き古るしたスリッパアにそっくりなのだ。同じ所に皺が寄り、同じ所に踵や趾の痕が出来、同じ足癖で汚れているのだ。私はそれが眼に触れた瞬間、お前の美しい足の形を明瞭に心に浮かべた。兎に角にも、そのスリッパアはお前の足と同じ足が穿いたのだ。「おや、うちの女房が来ているのかな」と、私はそう思ったくらいだった。

彼はそのスリッパアを大切そうに傍へ置いて、――恐らくわざと私に見せたかったのであろう、――革のスリッパアを一足取って、「此れを穿き給え」と私の前に投げてくれたが、それきり懐中電灯を消してしまった。そうして先へ立ちながら、暗い廊下を真っ直ぐに進んだ。二人が一列にならなければ通れないほど狭いところを、彼はよろよろと両側の壁へぶつかりながら行くのである。自分のうちへ帰って来たので、気が弛んだのかも知れないが、そう云う私も余程飲まされていたに違いない。何しろまるで入梅のようなじとじとした晩だったから、その家の中は蒸し風呂のように生暖く、おまけに彼の酒臭い息が廊下にこもって、ふうッと顔へ吹きつけて来る。私は襟元がかっかっと上せて、一ぺんに酔が発したのを感じた。

「さあ、先ず此処へ這入ってくれ給え。」

廊下の突きあたりへ来た時に、彼はそう云って左側の部屋へ私を通した。それから彼はマッチを擦って、ゆらめく炎を翳しながらつかつかと室内を五六歩進んだ。見ると一個のテーブルがあって、上に燭台が載っている。その蠟燭へ彼は手の中の炎を移した。

蠟燭の穂が次第に伸びるに従って、そのテーブルを中心に濃い暗闇がだんだん後ろへ遠のいて行ったけれども、まだ此の部屋がどのくらいの広さで、中にどう云うものがあるのか見究めることは出来なかった。ちょうど此の時、私と彼とは燭台を挟んでさし向いに椅子へかけた。私の視線は一とすじの灯影を前に赤々と照らし出された相手の顔へ、期せずして注がれたのであったが、私が見たものは実は顔ではなく、脳天のところがつるつるに禿げた頭であった。彼は台湾パナマの帽子を脱いで、テーブルの上に置いていた。そうしていかにもくたびれたと云う恰好で、椅子の背中へぐったりと身を寄せ、糸のちぎれた繰り人形のように両腕を垂らし、首を俯向け、未だにはっはっと吐息をしていた。だから彼の顔の代りに、その禿げ頭がまともに此方を見返していたと云う訳になる。けれども私の酔眼にそれが人間の頭であると呑み込める迄には、多少の時間を要したのであった。私は彼がこんな立派な禿げ頭を持っていようとは、今の今まで想像もしなかったのだから。成るほど前額にも後頭部にももじゃもじゃとした縮れ毛があって、ぐるりと周囲を取り巻いているから、帽子を被れば巧い工合に隠れるのである。私は暫くアッケに取られて、その蛇の目形に禿げた部分をしみじみと眺めた。もう此の男は「五十に近い」どころではない、たしかに五十を二つか三つ越しているだろう。……

　と、彼はいきなり、物をも云わず立ち上って、部屋の隅の方へあたふたと駈け付けて、又何かしら飲んでいるらしく、ゴクリ、ゴクリと、見事に喉を鳴らしている。ははあ、先生、酔いざめの水を飲んでいるんだなと、その飲み方があまりがつがつしているので、私は最初そう思ったのだが、よくよく見ると、隅ッこの所に洋酒の罎を五六本列べた棚があって、彼はその前に立ちながら、独りで聞し召しているのである。そうして五六杯も立て続けに呷ってから、濡れた唇をさもうまそうに舐めずりながら、――よだれで濡れていたのかも知れない、――私の方へ戻って来て、今度はそこに突っ立ったまま、テーブルの上の燭台を取った。

「さあ君、女房に会わせて上げよう。」

「へえ、――ですがどちらにいらっしゃるんで？」

「向うの部屋だよ。そうッと僕に附いて来給え、今すやすやと寝ているからね。」

「およっていらっしゃるんですか、そいつはどうも………」

「なあにいいんだ、此処が女房の寝室でね。――」

　そう云っているうちに、彼の手にある蠟燭の火は既に隣室の入口を照らした。

　それは何とも実に不思議な部屋であった。部屋と云うよりは押し入れの少し広いようなもの――と、まあ蠟燭のあかりではそう見えるのだが、そこと今までいた部屋とは、濃い蝦色の帳で仕切られているだけで、それを芝居の幕のようにサラリと開けると、中にも同じ色の帳が三方に垂れていて、まん中に大きな寝台がある。――だから寝台が殆んど部屋の全部を占めていると云う形。で、その寝台がまた、日本の昔の張台のように、四方を帷で囲ってある、つまり支那式のベッドなのだ。そうしてまたその寝台の帷が――此れもハッキリとは分らなかったが、――暗緑色のびろうど〻のような地質なので、こう幾重にも暗い布ばかり垂らしたところは、何の事はない、松旭斎天勝の舞台だと思ったら間違いはない。

「此処に女房は寝ているんだが、何処から先へ見せようかね、――背中にしようか、腹にしようか、足にしようか。…………」

と、彼は手を伸ばして、帷の上から中に寝ている女房の体と覚しきものをもぐもぐと揉んで見せるのであった。その眼は怪しく血走って、さも嬉しそうなニタニタ笑いを口もとに浮かべながら。

…………

こう書いて来れば、その寝台の中に寝ていた者が何であるかは、無論お前にも分っただろう。私も実はそれが人形だろうと云うことは、もうさっきからの彼の口ぶりで予想しないではなかったのだが、茲に誠に気味のわるいのは、それがお前に生き写しであるばかりでなく、彼はそう云う人形を、――彼の所謂「由良子の実体」なるものを、――幾体となく持っているのだ。即ちお前の寝ている形、立っている形、股を開いている形、胴をひねっている形、――それから到底筆にすることも出来ないような有りと有らゆるみだらな形。私が見たのは十五六だったが、彼の言葉に従うと、「うちには由良子が三十人も居る」と云うのだ。

私はよく、船員などが航海中の無聊を慰めるために、ゴムの袋で拵えた女の人形を所持していると云うような話を聞いたことがある。しかし実際にそう云うものを見たことはなし、又そんなことが有り得るかどうかも疑わしいと思っていたけれど、此の男の人形はつまりそれなのだ。彼はそれらの三十人もある「女房」を、一つ一つ丁寧に畳んで、風呂敷に包んで、棚の上へ載せてあるのだ。例の天勝式の装置、――寝室の三方に垂れている帳のかげに、その棚は幾段も作ってあって、一段一段に、何か暗号のような文字で印がつけてあるのである。お前は彼が、

「さあ、今度は女房のしゃがんだところを見せようかね。」

と云った工合に、呉服屋の番頭が反物を取り出すようないそいそとした恰好で、それを棚から卸して来る時の滑稽な様子を考えて御覧。そうしてそれらの等身大のお前の姿が、十五六人も黙然と列んで、物静かな、しーんとした深夜の室内に立ったところを想像して御覧。おまけに彼がその平べったく畳んだものを膨ます手際と云ったら、実に馴れたものなのだ。水道をひねって瓦斯に火をつけると、直ぐにお湯が出て来るような仕掛けがしてあって、――此れも帳のかげにあるのだ、――そこから管を引張って人形の孔へ取りつけると、見ているうちに膨らんで来る。それが次第に一個の人間の形を備

え、だんだん細部の凹凸がはっきりして来るに従って、腕から、肩から、背中から、脚から、紛う方なきお前を現ずる。水を注ぎ込む孔の作り方と位置に就いても、馬鹿々々しい注意が払われていて、氷枕の栓のようなあんなぶざまなものではないのだ。一つ一つの人形に依って□□□□□皆適当に考えてあって、それを詳しく説明することはお前に対する冒涜のような気がするから、私は此れ以上を云うことが出来ない。彼は恐らく、水を注ぎ込むと云うその事自身を享楽しているに違いあるまい。

「君、僕は造化の神様と同じ仕事をしてるんだよ。昔の神様がアダムとイヴを作る時には何処から息を吹き込んだのか知らないが、面白くって止められなかったに違いないぜ」と、彼は云うのだ。

　お前は定めし、そんなものがいくら自分に似ていると云っても、ゴムの袋ならたかが知れている、どうせたわいのないものだろうと思うであろう。彼がいかにしてあの驚くべき精巧な袋を縫うことが出来たか、その凄じい苦心の跡を語らなければそう思うのも尤もだけれども、一と通り説明を聞いた私にも、さて自分でやって見ろと云われたら、倒底あの真似は出来そうもない。云う迄もなくそれは材料の買い入れから最後の仕上げまで、悉く彼一人の手で作られたもので、彼の工房へ這入って見れば、決して偽りでないことが分る。お前はそこに、凡そお前の肉体に関する得られる限りの参考資料が、途方もない執拗と丹念を以て集められているのを発見するだろう。人は総べての表面が鏡で張られた室内へ閉じ込められると、遂には発狂するものだそうだが、お前はきっと、ちょうどそれと同じ気持ちを味わうだろう。

「ところでちょっと此方の部屋を見てくれ給え」と、彼は私を廊下の反対の側にあるその工房へ連れて行ったが、そこで私の眼に触れたものは、床、壁、天井の嫌いなく、あらゆる空間に陳列してあるお前の手足の断片だった。殊に奇異なのはお前の体の部分部分を、――秘密な箇所や細かい一とすじの筋肉など迄を、――著しく拡大した写真が、方々に貼ってあることだった。成る程これだけの写真があって、此れを毎日眺めているとすれば、あの霊妙なる有田ドラッグ式素描が画けるのに不思議はないと、私は始めて分ったのであった。が、それにしても彼はどうしてそれらの写真を手に入れたか、お前に会ったこともない彼がいかにして撮影したであろうか。――此の疑問に答えるために彼が出して見せたものは、いろいろな絵から切り取った古いフイルムの屑だった。短かいのは一とコマか二たコマ、長いのは十コマ二十コマぐらいずつ、彼は総べてのお前の映画から彼に必要である場面を集めているのだ。「夢の舞姫」が床に落ちた薔薇の花を拾っているところ、血の滴れる足で舞台で踊っているところ、趾の血型の大映し、「お転婆令嬢」の乳房の下からみぞおちのあたりがハッキリ現われているシーン、「夏の夜の恋」の凹んだ臍が見える部分、――凡そ彼が詳しい描写で私を驚かした場面の数々は、みんなそこに備わっているのだ。彼はお前の耳の形と、口腔内の歯並びの様子が知りたさに、それが明瞭に写っているたった一とコマのフイルムを得るべく、常設館から常設館へと、或る一つの絵を追いかけて、一度は岡山へ、一度は宇都宮へ行ったと云うのだ。

「………世間には僕と同じような物好きな奴が多いと云うことを、僕はその時に発見したね。なぜかって云うと、由良子嬢の或る一つの絵が東京と上方で封切りされる、それからだんだん地方の小都会へ配附されるに従って、不思議とフイルムのコマの数が減って行くんだ。勿論それは地方地方の検閲官がカットする場合もあるだろう。けれども此の方は何処の県でも大体の標準が極まっているから、そんなに無闇に切る筈はない。最初に二十コマあった場面が、次ぎから次ぎへと旅をする間に十五コマなり、十コマなり、ひどい時にはしまいに一つもなくなってしまったりするのは、変じゃないか。此れは途中で切り取る奴があるからなんだよ。由良子嬢がやって来るのを待ち受けて、彼女の手だの足だのをまるで飢えた狼のようにもぎ取って行く奴があるんだ。そう云う人間が大勢居ると云う証拠には、田舎の町の常設館の映写技師に聞いて見給え。彼等はちゃんと心得ていて、金さえやれば望みの場面を一とコマなり二コマなり、こっそり切って売ってくれる。それが彼等のほまちになっているくらいなんだ。……」

　彼の仕事は考古学者の仕事に似ていた。考古学者が深い土中から数世紀層前の遺骨を掘り出して来て、何万年の昔に生きていた動物の形を組み立てるように、彼は日本国中の津々浦々に散らばっているお前の手足を集めて来て、やがて完全な一個の「お前」を造ろうとするのだ。壁に貼ってある大きな写真は、彼がそんな風にして手に入れたフイルムを、引き伸ばしたものなのであった。彼は一定の比例に依って部分部分を引き伸ばして置いて、それに従って粘土で一つの原型を作る。さてその原型へ当て嵌めながら、ゴムの人形を縫い上げる。恰も靴屋が木型へ皮を押しあてて靴を縫うのと同じような手順なのだが、仕事の難易は勿論同日の談ではないのだ。第一彼はお前の肌となるところの、実感的な色合と柔かみを持つゴムを得るのに苦心をした。私が手に触れた塩梅では、それは女の雨外套などに用いる、うすい絹地へゴムを引いた防水布、――あれによく似た地質であって、あれよりもっと人間の皮膚に近いようなものだった。彼は大阪神戸東京と、方々の店へ註文を発して、やっと五軒目に気に入った品を手に入れることが出来たのであった。そうしてそれを縫い上げるのに、粘土で作った「原型」に就いたばかりではなく、腑に落ちないところや分らないところは生きた「原型」に宛て嵌めても見た。彼は一と通り縫い上げたゴムの袋を、わざわざ静岡まで持って行って、××楼のF子の乳房に合わせて見たり、信州長野へ持って行って○○楼のS子の臀に合わせて見たり、東京浅草のK子の肩や、京都五番町のA子の背筋や、房州北條の女の膝や、別府温泉の女の頸などに、一々合わせたのであった。

しかし私は、彼がいかにしてあの燃えるが如き唇を作り、その唇の中に真珠のような歯列を揃えることが出来たか。いかにしてあのつややかな髪の毛や睫毛を植え、生き生きとした眼球《がんきゅう》を嵌め込むことに成功したか。いかにしてあの舌を作り、爪を作ったか。それらの材料は一体何から出来ているのかと云う段になると、ただ不可思議と云うより外には想像もつかない。彼も「こいつは秘密だよ」と云って、ニヤニヤ笑うばかりであったが、その薄笑いは私に一種云いようのない、恐ろしい暗示を与えないでは措かなかった。或る何かしら不潔なもの、物凄いもの、罪深いものから、此の材料は成り立っているのじゃないだろうか？　私はそう思って戦慄した。話に聞いた、航海中の船員が慰み物にすると云うゴムの人形なるものが、実際あるとしたところで、此の半分も精巧なものではないであろう。或る程度まで人間に似せた袋を縫うだけなら、不可能なことではなかろうけれども、此のゴムの袋は鼻の孔を持ち、鼻糞までも持っているのだ。そうして全く人間と同じ体温を持ち、体臭を持ち、にちゃにちゃとした脂の感じを持ち、唇からはよだれを垂らし、腋の下からは汗を出すのだ。彼がそう云う人形を三十体も拵えたのはなぜかと云うと、…………………に由って、いろいろのポーズが必要であるからだった。たとえば………………、膝の上へ載せる時のポーズ、立って接吻する時のポーズ、………………………………、……

　呆れた事には、「ちょいとこんな工合なんだよ」と云いながら、彼はそれらの人形を相手に、私の前で彼独特の享楽の型を示すのであった。（彼は絶えず酒を飲んでは元気をつけていた。）そしてしまいには、「……………」とか、「此の鼻糞の味はどうだろうか」とか、いよいよしつッこく絡まって来て、揚句の果ては私にもそれを舐めて見ろというのであった。

「あ、そうそう、君は僕が女房のよだれを舐めるなんて馬鹿だと云ったね。ほら、此の通り……此の通り僕は舐めるんだぜ。これどころじゃない、…………………。」

　彼はいきなり床の上へ仰向けに臥た。股を開いてしゃがんでいる人形が、彼の顔の上へぴたんこに据わった。彼は下から両手を挙げて人形の下腹を強く圧さえた。人形の臀の孔から瓦斯の洩れる音が聞えた。私は此狒々爺の顔から禿げ頭へねっとりとした排泄物が流れ始めたのを、皆まで見ないで窓から外へ飛び出してしまった。そして真っ暗な田舎路を一目散に逃げて行った。

＊　＊　＊

由良子よ、私がお前に話したいと云った事実は此れだけだ。

私はお前が、此の話を一笑に附してくれることを心から祈る。呪いを受けるのは私一人で、お前は快活であることを祈る。しかし私は此の事があってから、お前の映画を作ることに興味を失ったばかりでなく、寧ろ恐れを抱くようにさえなってしまった。どうも私には、お前を美しいスタアに仕上げて、お前の姿を繰り返し写真に映したりしたことが、結局あの爺にお前と云うものを奪われたことになったような気がしてならない。お前はお前の知らない間に、あの爺に丸裸にされ、手でも足でも、あらゆる部分を慰まれていたのだ。そればかりならいいけれども、私の恋しい可愛い由良子は、此の世に一人しか居ないもの、完全に私の独占物だと思い込んでいたのに、あの晩以来、その信念がすっかりあやふやになってしまった。お前の体は日本国中に散らばっている、あの爺の寝室の押し入れの棚にも畳まれている、お前はそれらの多くの「由良子」の一人であり、或は影であるに過ぎない。……そう云う感じが湧いて来る時、私はお前をいくらシッカリ抱きしめても、此れがほんとうの、唯一の「お前」だと云う気になれない。果てはお前が影である如く、私自身まで影であるように思えて来る。私たち二人の真実な恋は、破れない迄も空虚なもの、うそなもの、それこそ一とコマのフイルムの場面より果敢ないものにさせられてしまった。

今となってはもう悔んでも取り返しの附かないことだが、私はあの晩あの爺にさえ会わなければよかったのだ。私は幾度か、あの晩のことが夢であってくれますように、そしてあの爺も、あの丘の上の無気味な家も、跡かたもない幻であってくれますようにと祈っただろう。しかしその後あの丘のほとりを夜昼となく通って見るのに、あの家が正しく彼処にあることは事実なのだ。私は今では、あの爺がどう云う名前の、どう云う人間であるかと云うことも略知っている。それればかりでなく、お前の背筋を持っていると云う五番町のB楼のA子にも、乳房を持っていると云う静岡のF子にも、肩、臀、頸の女たちにも皆会って見て、彼の言葉が決して偽でなかったことを確かめたのだ。その女たちは彼の本名を知らない様子だったけれども、彼が珍しい変態性慾者であること、時々写真器やゴムの袋を持って来ていろいろ無理な註文をすること、彼女たちを呼ぶのに「由良子」と云っていることなどを、一様に語った。

しかし由良子よ、私の唯一の、ほんとうの「由良子」よ、私はお前にその男の名前や身分を知らしたくないのだ。お前もどうかそれを知ろうとはしてくれるな。私は今はの際に臨んで、お前に隠して行くことは此れ一つだ。そして私は、来世でこそは真実のお前に会えることを堅く信じて、まぼろしの世を一と足先に立ち去るとしよう。………

人形はなぜ作られる

孤独な老人の執着が凝って生まれ出す妖しいゴム人形。
うす暗い燈りの蔭に奇妙な影がゆらめいて……

北岡虹二郎

一

藤《ふじ》小《お》田《だ》一造《いちぞう》は、痩せおとろえていて、七十以上の老人に見える男だった。彼は場末の壊れかけた小屋に一人で住む人形作りの職人だった。といっても、机の上や床の間のガラス箱の中に飾る人形ではなく、百貨店や洋装店でトップモードの衣裳を着て立っているマネキン人形を作っているのだった。彼の作ったマネキンは数が少ない。しかし、時には百貨店の新柄陳列会の人形の中にまじっている事がある。彼の人形は、そのなかでも一番目だつ処に飾られていることが多い。生きている年若い女性の肉体と同じような艶とふくらみを持った頬や赤い唇が、その前に立った人を、一瞬ギョッとさせるほど奇妙な魅力を持っていたからである。また客が、切地の質を見る為に衣裳をつまみあげたりした時、もし人形の腕やからだに手が触れたとしたら更に大きな驚ろきを感じるだろう。その人形の指や腕、からだは血の通っている女の皮膚のように柔らかく、手の圧力で気味悪く凹むからである。そして処女のように汚れなくしなやかな肌目とふくらみは、ただそのような形に打出した合成樹脂といった固い物ではなく、ほんとに生きている肉体のように柔軟な材料で出来ていることに奇異な感をいだかれるだろう。しかし、その不思議なマネキン人形の胴体にかくされた秘密とそれが藤小田一造老人の手で作られたものである事まで知っている人は誰も居ない。

彼はそれまで、格別変った処もなく、ただ下町の工場で働らく労働者でしかなかった。空襲で妻と子供を失い、終戦で閉鎖された工場から混乱した社会に抛り出された時、彼はひとりぼっちになったような気がした。処が会社から持ち出した鋳型や、再生ゴムのやり場に困り、同僚と共同で始めたタイヤの修理工場が当り、うまく終戦景気の波に乗り、それからの二年間というものは、彼の人生でいちばん華やかなものであった。金廻りがよくポケットにはいつも札束があった。飲み廻り遊び歩くうち、自分より三十以上も年下の白痴のような美しさを持ったカフェーの女、アイ子に惚れこみ、有頂天になったものだった。闇の取引までやって、からだの調子もよく縦横に発展していった。しかしそれは長く続かず、経済違反で挙げられ、一年余を刑務所で暮すうち、すっかりからだを壊してしまった。帰ってみると修理工場は解散し、あんなにうつつを抜かしたアイ子は家や道具を金にして男と逃げて居処は分らなかった。今度こそ身よりも友人もない。ほんとのひとりぼっちになってしまった。一時、玩具工場で働らいたが、長く続かず、今の焼トタンのバラックに病みつかれたからだを置き、それから隠者のように人形作りを始めたのだった。

二

彼の身についた腕といえば、ゴムを扱う事だった。玩具工場では薄いゴム膜で、浮袋やおもちゃの鳥や動物などを作った。心身ともに疲れ、金もない彼は、陋屋に蟄居しながら孤独の淋しさに耐えなかった。

「あの頃はよかったな。戦争前の女房子供には可哀そうじゃが、わしがほんとに女を分ったのは、あのアイ子が始めてだった。あのおなごのからだと、わしのからだは、ぴったり合っていたからな。わしにはもったいない若さじゃった。逃げられたのも無理はないが、残されたわしは可哀そうじゃ……。といってこの年で金もないわしに、もうアイ子のような女が出来る筈もない……」

二度と戻らない愛慾の回想に涙を流し乍ら老人はふと、手許の材料でアイ子のようなからだをした女を作ってみようと思いついたのだった。

「そうじゃ。わしは、わしの手でアイ子を作ってみよう……」

淡いアンバーの皮膜と少し厚い灰色のシートと、紐のような強靭なテープがその材料だった。

アンバーの皮膜の裏に灰色のシートを貼ると、女の肌色になるのだった。皮膜を色々な形に切り、ラバセメントで貼り合せ、その裏にまた色々に切り抜いたシートを貼り、鏝でつぎ目をつぶし、紐のようなテープで中の釣合をとると、どんな曲線でも球型でも自由に作れるのだった。

破れ畳に坐し、さびたトタン板を背にし乍ら、彼はこの仕事に夢中になった。その昔、神々が自分の形に似せて人間を作られたように、藤小田老人は、今でも夢に見る三十も年下だったアイ子を想い浮べ乍ら工作を続けた。

「わしは、わしの手で、もう一度目《ま》のあたりあの可愛いいアイ子を呼び寄せたいのじゃ」

一日に何度となく、そうつぶやき乍ら一心を打込んで藤小田は制作をつづけるのだった。ひと月もかかって老人は、全部のつぎ貼を終ったその夜だった。彼は座敷のまん中に出来上ったものを置き、自転車の空気入を持ち出し、チューブをつないで、空気を送りはじめた。すると、地面に落ちたパラシュートのように、しわくちゃだったゴムの集積は、ひと押しごとに生命の息ぶきを注入されるように、むくむくとふくれ上り、やがて張り切った女の肉体の弾力を持った美しい曲線をはんらんさせた。むせるようになまめかしい生人形がむさ苦しいあばら家の中に、眼のさめるような異質的な華々しさで裸のまま彼の前に生れてくるのだった。

　こうして、若々しく弾力に富んだ白痴のように身動きもせず、ものも云わぬアイ子は誕生したのだが、それはまだ藤小田が心から満足するほどのものではなかった。

「よく出来たな。鼻と云い口許といいアイ子にそっくりじゃ。しかし眼が生きておらん」

　彼は裸のままのアイ子を、壁に寄せかけ、心魂を据えて見まもった。それから近づいて抱きしめてみた。

「どうも……。腰の辺が少し肉がつき過ぎたようじゃ。そればかりじゃない。わしがあんなにも愛したこの正面の丘陵は……」

　藤小田老人は、そこをじっと見つめるうちに、年老いた肉体と沈みきった心の中に、何か若々しい気力が、湧き戻ってくるのを感じた。

「そうじゃ……」

　彼は空気を抜き、それを畳んで風呂敷に包んで、飄然と町へ出かけていった。

「これは、わしが心魂を打込んで生み出した人形じゃ……」

　あるマネキン人形の販売店の店先に腰かけて藤小田は、そこの主人に話していた。

「ここに沢山ならんでいる人形とはちがうのじゃ……。わが身を削り取った命がわしの人形にはこもっているでな……」

たばこのやにで黒くなり、二三本欠けた前歯をぱくつかせて老人は云った。店の主人はどこの風来坊が寝言を云っているのか、といった顔をしていた。

「まず、こうして広げておいて、空気を入れてゆくとな……」

風呂敷から出したゴム布の塊に空気入のチューブを結び乍ら云った。

「そうれ……。命が送りこまれる……。むくむくとふくれ、娘のように固肥りした女の体が生みなされてゆく……」

ハンドルのひと押しごとに、みるみる膨脹してゆく顔や腕。胴や肢はふくらんで生きもののように形を整えていった。

「どうじゃ、その辺の人形とはちがうじゃろうが……」

快心の笑みを浮べ、老人は娘をいたわるように抱きかかえ、たくさんのマネキン人形と並べて立てかけた。それは、日がな一日、マネキンの裸体を見ている主人にも、一種云いようのない生き生きした女だった。

「うーむ、これでは生きている女より色っぽい。店へ並べておくわけにはいかないね」

たゞさえなまめかしい女体の林立したマネキン屋の店頭は、この人肌をした藤小田老人のアイ子で、まぶしくなるほどだった。

「当り前じゃ。娘を裸にしておくものが、どこの国に、あるものかな。着物を着せてやらな娘も羞かしいわい。そうじゃろうがな」

主人は、あわてて大きな縞の風呂敷を人形の肩から着せかけた。

主人がこんな気持になったのは始めてだった。整った肢体と美しい容貌で、ありふれた縞の風呂敷が、忽ち最尖端をゆくニュールックのワンピースに変ってアッと主人を驚ろかせた。

「どうじゃ。美事なものじゃろう……」

老人は得意気に云った。

主人は過分の金額でこれを買取り、老人にもっとあとを作ってほしいと注文を出した。老人は金を懐ろにして街に出たが、何か失くしものをしたように空虚な気持だった。彼は人形の材料を三人分買いととのえると、残りの金を持って、近くの色街へ車を走らせるのだった。

三

一夜を色街で過した藤小田老人は、肉体的にも回春を感じ、また思いのほかよい値で売れた事から経済的にも自信を取戻した。しかし、家に帰る道すがら老人は、何度となく同じひとりごとを繰り返していた。

「どうも、アイ子ほどよいおなごは、世に居らんようじゃ……」

昨夜のことが悔となって想い浮ぶのだった。

「わしの作ったアイ子でさえ、ゆうべの女よりは、ましじゃと思う……」

出来上った時のアイ子を抱いた感触が、一層、我家への足を早めさせた。しかしそこには風呂敷の中の材料があるだけだった。

「材料は、こんなにある……」

三人分のゴム布が部屋の隅に置かれた。

「こんどこそ、満足のゆくアイ子が出来るにちがいない……」

二三日、ぼんやり暮した老人は、また気を取り直し、次ぎの製作にかかるのだった。

「うん、今度こそ、きっとうまく出来そうじゃわい……」

老人は作り乍ら、熟練するにつれて、手ぎわよく出来ゆくことに喜こびと昂奮を感じ更に熱が入ってゆくのだった。

全くその通り、二番目のアイ子は実によく出来た。彼は立てかけたアイ子を抱擁するだけでは足りず、その夜は床《とこ》の中にアイ子を抱き入れ、枕を並べて寝たのだった。

しかし、まだ何か足りない感じだった。

「このアイ子は、わしのアイ子より、何かつれない処がある……」

翌朝、起きあがった藤小田老人は、寝床の上にアイ子を横たえたまま、外科医が手術をする時のように、アイ子の股のつけ根に、鋭い刃物をあてがって切り裂いた。瞬時にしてアイ子は空気が抜けてただのゴム布の塊に変ってしまったが、彼はその切れ目に細長い袋をからだの奥深く挿入して糊づけにし、また空気をつめた。

「これで、アイ子も一人前の女になったというものじゃ……」

外はすっかり明け放れ、太陽がカンカン照っていると云うのに、藤小田の家は戸が締ったままだった。

老人は、自分の作った人形と同衾して昼の過ぎるのに気がつかなかったのだ。実際は空気のつまったゴムの切れにしかすぎない人形に、老人は生きている娘を抱いたような気持になり、彼女のからだ深く、彼の生命力を注入し、年老いた男が持つ、残り少ない愛の漿液をアイ子に与え、性の交歓に、時の過ぎるのを忘れていたのだった。

疲れたからだを横たえ乍ら、彼は手をアイ子の上に重ね、ふと感じた。

「お前の肌は、わしの愛したアイ子より、少し堅いようじゃ……。尤も、わしの手が堅くなったのかも知れんが……」

哀れな老人は、腹がすいていた。そこで、日暮れちかく起きあがると、彼の愛情を注入した秘密の入口を薄いゴムで塞ぎ、そのアイ子を抱えてマネキン屋へ売りにゆくのだった。

四

「全く、一つごとによく出来ているが……」

マネキン屋の主人は感に堪えかねて云った。

「今度のは全く、あんたの精神がこもってるようだ……」

老人は、マネキン台の上に立っているアイ子のからだに、自分の体液がゴムのチューブに密封されて内蔵されている事を思いつめていた。

「そうですじゃ。このマネキンには、老いのわしが、必死で打ち込んだ精力がこもっておりますじゃ……」

「そうでしょう。さもなければ、これだけ真にせまったマネキンは出来ないだろう」

老人の眼には涙が浮んだ。

「自分の娘に別れるように、お宅へお売りするのが惜しまれてならんのじゃが……」

マネキン屋の主人は、いつもの通り金を払うと、すぐアイ子を奥へ運び込んでしまった。老人が感傷的になったのを、恐れたのだった。藤小田は、その夜は色街に走らず、まっすぐ家に戻ってきた。

五

　こうして老人は、数年の間、アイ子へのあこがれを心に抱き、なんとか完璧な現実に生かそうと、根気よくこの風変りな人形作りをつづけていた。そして一つ作るごとに、仕事に精を使い果したからだに無理押しをして、老人の乏しい最後の精力を傾けて愛情を人形の体内に注ぎ、これを密封してマネキン屋に売渡していた。

　今は、全く疲れ果て、肉体は細り、顔のしわは深くなり、気力はなく、いかにも生命を使い果したといった、醜怪な老人となっていた。それでも一作ごとに今度こそ完全なアイ子を作りたい一心で、老人は製作を続けていた。

「わしも、もう長くは生きられないかも知れん。幸い金はいくらか出来たし、もう今度こそは、よく出来ても、意に満たなくても、アイ子を売ることは止そう。昔から話にもあるが、自分の娘や息子を後から後から生み放して、年頃になると、牛や馬を売るようにお金に代える親があるとの事じゃが、わしのして来た事も、それと少しも変らなんだ。わしは精魂こめて作った愛しいアイ子を、ただの一夜妻として愛しただけで、非道にも、次ぎ次ぎと人手に渡してしまったのじゃ。たくさんのアイ子たちが、きっと百貨店のウインドや衣裳部のすみで、わしを怨んでいることじゃろう。すまん事をしたと思っとる……」

老人は、夜遅く暗い電灯の下で、ゴムを切ったり貼合せたりし乍ら今までの事を思い出して涙をこぼしていた。

「これは売らん。これはマネキンにはならんからな。こんなことをしたら、誰も買わんだろうからな……。フフフフ……」

今度は奇怪な笑い声を、老人は漏すのだった。いま作っている人形は、確かに今まで作ったものとはちがっていた。全く新らしい仕掛が中にしてあるのだった。

「わしはもう、疲れてしまったし、根気もなくなってしまった。いつ死ぬかも分らん、このアイ子だけは売らずにいて、死ぬまでそばに居て貰うのじゃ……」

それだけに、藤小田老人の熱中ぶりは、妖気を帯びるほどのものがあった。なぜか今度の人形の胴体には、ゴムの強い紐が、複雑な構造を持って、蜘蛛の巣のように張りめぐらされていた。また、その二つの眼には、ほんとの義眼が、ぴったりはめこまれる眼窠が作られていた。老人は夜も昼も鬼のように一心不乱に打込んでいたがそれでも完成には一ケ月半ちかくかかった。

出来上ったアイ子は、老人が最後の精魂をこめたものだけに、全く神品とも云えるほど素ばらしいものだった。男に汚されぬ未通の女体でも尚これほど、みずみずしく、なまめかしく、生き生きしてはいないほどだった。頭髪はもとより、腋の下にも、デルタにも、ちぢれた毛が愛らしく植えこまれていた。また脣は薄く割れていて中から白い歯が見え、香りたかい粘液でうるおい、男の舌の挿入されるのを待っているようであり、黒い瞳は今にも動いて相手の視線に食いいるかと思うほどだった。からだの恰好はまた、実に美事で頭と胴をつなぐ頸筋は細くやわらかく、隆起した胸には更に高くもりあがった二つの乳房が天を向き、横隔膜から下は、ぐっとくびれて男が抱しめるのに具合よく、腰はまた男の体重を支えてもなお充分なほど大きく力強く、それから下にのびた両股は、まことの処女のそれのように強い緊迫力を現わしてのびのびと太く、それは女がいかに男のからだを楽しませる為に作られているかを、目のあたり感じさせるほどの出来ばえだった。

六

それは仕事用の布切れの上に、静かに長々と横たわったアイ子のからだの外見だけの事であったが、藤小田が苦心したからだの中に隠された構造の秘密は分らなかった。

老人は、電球から放つ、暗い光線の下で、じっと自分が生みなしたアイ子を、血のように赧い眼で、じっと見おろしていた。彼は、自分の作ったアイ子に満足し、更にその構造の秘密を試してみたいと思っているのだった。つと、片手をのばして老人は、アイ子の腹の上に軽くふれた。するとどうだろう。不思議な事に、アイ子のからだ全体がぴくんと動き、首が、いやいやをするように左右に動き出したのだった。

「おかしいな……」

老人は首をかしげた。

「わしのつもった中には、こんな首をふる動きはしない筈であったが……」

それは神に作られた人間が、神をうらぎったように、自分を作ってくれた老人に嫌や嫌やと何かを訴えているのだった。

「わしの命と体力を、しぼり尽して作ったアイ子が、わしを嫌っているように見える……」

老人は不安な面持ちで、今度は両方の腕をのばし、アイ子の胸と腹にあて、のり出して、ぐっとからだの重みをかけていった。

するとアイ子の手足に不思議な運動が起き始めた。長く太い両足が、ゆっくりと左右に開き、太い股は床を離れて宙に浮び、やがてひらいた両足が、その空間をせばめて近よるのだった。また、両方の腕も足の動きと同時に上にのび、つぎに肱から先が、自分の胸を――いや、その胸の上にあるべき何かを抱き締めるように曲り、堅く輪を作ってゆき、同時にまた、首もかすかに前方に曲り、空間の何かを求めるように、赤い唇を近よせるのだった。しかし、何かを拒否するような首の左右動はとまらなかった。

「そうか、そうか……」

老人は、アイ子の気持を理解したように、やさしくつぶやいた。

「相手が欲しいのじゃ、いや、わしのからだが欲しいのじゃな。むりもない。わしのからだを分けてやったのじゃからな……。わしを捨てた昔のアイ子とは気持がちがうのじゃろう。わしだとてお前をどんなに可愛いいか知れんのじゃから……」

彼は両手を離し、アイ子のからだを抱えて立ち上り、壁に寄りかけてから、鋏やナイフ、ゴムの切れはしなど、そのほか散らかっている材料や道具をひろげてある敷布などを片づけ、戸棚から夜具を引きずり出して、狭い部屋に延べた。そしてアイ子をその上に寝かせ、布団を掛けてやった。

そして藤小田老人は、自分ものろのろと、着ている仕事着を脱ぎ始めるのだった。老人のからだは、電灯の光りに影が黒く、骨と皮ばかりのように痩せて髑髏のように醜怪な姿をしていた。それを、寝ている処女のように色艶のよい、むっちりと肉づいたアイ子の眼が、じっと見つめ、待ちのぞんでいるのだった。

体重がかかると、アイ子の手足は、また、さっきのように、静かに動き始めた。

手も、脚も、胸も、生きた枷のような弾力をもって、その獲物を捉えてしまった。そして首は今度は拒むようには動かなかった。かすかに前こごみになって老人の顔にせまり、かぐわしい粘液に満ちた唇で、かさかさした老人の脣から、更にいのちの命脈を吸い取ろうとするかのように、それを求めて近より合わさった。藤小田にとっては、まさしく、いや応なしに最後の血の一滴まで絞り取られる思いに、身をふるわす一瞬が迫ってくるのだった。

七

「わしは、見ましたぞ……」

マネキン屋の主人は、人の秘密を探りあてた探偵のように老獪な笑いを浮べ乍ら、藤小田に云った。

「いつもなら、とっくに人形を持って来てる筈だ、そう思ったからわしは今夜あんたを訪ねてきたのだ。そして戸の隙間から、あんたのやった事を、すっかり見てしまったのだ……」

検事と被告のように、マネキン屋の主人と藤小田老人は薄暗い明りの下で、向き合っていた。

「これは、わしに売ってくれるのだろうな……」

最後の宣告のように、その言葉は老人の耳に聞えた。

「いや、これはちがう。これはマネキンではないのじゃ……。アイ子はわしの女房じゃ……」

マネキン屋の主人は、ずるく笑った。

「こんな若い女房を、あんたのような老人が持って、どうなると思うんだね。あんたの作ったマネキンは全部、わしに売ってくれる筈じゃないか……」

藤小田は眼をしょぼつかせ困っていた。

「いや、これは人前に飾るものではない。アイ子は品物ではないのじゃ。立派な女なのじゃ。生きている女なのじゃ……」

「それなら、なおの事、わしはあんたから売って貰わなくてはならない……」

「わしはもう、アイ子を売る事はせんのじゃ。あんたもこれを買った処で、売物にはならんのじゃ……」

主人は、したり顔で云った。

「わしもこれを、売物にしようとは思わない。わしが欲しいのだ」

「なに、あんたが？」

老人は呆然と口を開けて、うつろな眼でマネキン屋の主人を見た。

「いかにも……。わしの女にしたいのだ。わしはこの人形に惚れてしまった。お金はいくらでも出す。わしに譲ってくれ！　あんたはもう一つ自分のを作ればいい……」

二人は果しなく争った。マネキン屋の主人は、憔悴した老人を、すかしたり嚇したりして執拗に迫った。

「そんなに熱心なのかな？」

体力的に老人は負けてしまった。

「今晩、ひと晩だけ、わしの手許におかせてくれんかな……」

元気のいい主人は言葉に一層力を入れて云った。

「では……。明日になったら、確かに渡すな?」

老人は、生きているようには見えなかった。

「この淋しい老人を、そんなに苦しめたいのかな?」

「いや、あんたはまた作ればいい。これは、わしが欲しいのだ。手つけにいま持っているだけ置いてゆく」

主人は内ポケットから札束を出して老人の前に投げ出した。

「いいか。あすの朝来るからな。必ず来るからな……」

そう云ってマネキン屋の主人は真夜中の街へ出ていった。

翌日から藤小田一造は、枯れ細ったからだに鞭うって、つぎのアイ子を作り始めた。

荒野のダッチワイフ

脚本・監督　大和屋竺

スタッフ
製作　矢元昭雄
撮影　甲斐　一
音楽　山下洋輔

キャスト
ショウ　港　雄一
仲　津崎公平
さえ　辰己典子
医者　山谷初男
コウ　山本昌平
美那　渡　美樹
リエ　渚　まり
国映

〈概説〉『荒野のダッチワイフ』のあらすじは——殺し屋ショウは、ナイフ投げの名人コウを狙っている。「オレのスケを殺したあいつ、カタキ討ちだぜ」。ある町にシマ争いがあってショウはボスのナカに雇われた。相手方には五年間あとを追ったコウがいた。対決は、三時。

ショウのスケがコウに殺された時間だ。ショウは町で言い寄って来た女とホテルで寝る。ショウは、女を抱きながら妄想にふける。カッコいい！　電話が鳴り、受話器を手にした瞬間、コウの一味が乱入して来る。ハジキを振りまわす。しかし弾丸は一発だけを残して、女に抜き取られていた。ショウの体にナイフが次々と突き刺さる。そのわずかの数秒間、ショウの妄想は、長い一つのドラマを作りあげる。いうまでもなく、コウをカッコよくやっつけるシーンの連続だ。——ショウは死に、やがて、町に別の殺し屋がやってくる。

その殺し屋にむかって、ボスのナカが言う。「この町の名物にダッチワイフってのがありましてね。あなたも仕事が終わったら抱いてみるといい。」

狭くしきられた部屋の中に、セーラー服結婚衣装などをつけた〝ダッチワイフ〟が蒲団の上に横たわっている――と言うもの。


〈創作メモ〉殺し屋の交替登場劇が革新都知事を諷刺したものか、と問われるのですが、美濃部知事当選は、民主勢力の出現で結構。

しかし、ぼくは、それとても、一般化されて来ると体制化してしまうだろうと考えるのです。反逆の一匹狼ではあり得ない。オチャラカですよ。僕は、この作品である程度、そういった政治のオチャラカを意図しました。

この作品のテーマの一つに幻滅ということがあります。それにともなう惨劇を描きたかった。惨劇の公開ということですね。裸々それ自体、衝撃的なもので、たいへんに結構。

南北戦当時のアメリカに、アンブローズ・ビアスという作家がいた。棒にぶら下げられた兵士が数秒間に、長いドラマを思い描くという作品がある。これがヒントになって『荒野のダッチワイフ』は出来あがった。

失礼ですが邦画五社は腐敗しきっています。たとえば、新人の方たちの仕事を拝見しても、いかにも全力投球をなさっていません。さぼっています。駄目になる体制のなかで駄目になっているということでしょう。無駄ですね。ぼくは、あそこにある映画の機械を貸してもらいたいですね。

僕には〝蛇姫様〟がとりついていましてね、ガキの頃みた映画ですが、一つの悪夢でした。映画は悪夢であり地獄ですよ。

〈大和屋竺　談〉

1　真夏の荒野

カッと照り。
タクシーが走り去る。
土埃が収まると、そこにコートをきちんと着た男が立っている。
男、大木の蔭に入って日射しを避ける。
一人の農夫が近づいてきてかたわらを通り過ぎる。
男、コートのポケットに差しこんだ指先をもち上げる。
——プシュッ
農夫がちょっとつまずいてよろけ、去ってゆく。
男、薄笑いしてポケットから煙草をとり出しライターをカチカチやる。
火が点かない。
男、顔を上げる。

2　三時二分前の時計台

3　電話器のダイヤルを廻す男の指

4　激しく受話器を取る女の手

脅えて何かを受話器に叫ぶ女（リエ）。
その口をゆっくりふさぐ別の男の手。

　女の頬につきつけられるナイフ。

5　元の荒野

　遠くに舞い上がっていた土煙が次第に近づいてきて、一台の国産車がショウのかたわらに停まる。

　窓ガラスが降りて、中からかっぷくの良い男が声をかける。

「ショウさんですね。仲です」

　ショウと呼ばれた男、黙っている。

　車を降りた仲、上機嫌で腕時計をのぞく。

仲「丁度三時だ」

ショウ「いや。……」

仲「?――」

ショウ「まだだよ」

　仲、笑って歩き出す。

　ショウ、従がう。

仲「うう暑い！」

　仲、ポケットビンを出してぐい飲みする。

仲「どうです?」

すすめる。
ショウ、足をとめる。
ショウ「(つぶやく)三時だ……」
けたたましい女の悲鳴が荒野に響きわたる。

6 振り子の様に揺れる電話の受話器

7 3時の大時計。チャイムが鳴っている

8 叫ぶ女

9 女を押し倒す男の手。下着を切り裂くナイフ。こぼれ出る胸

10 受話器を耳に当て、ポカンと立っているバーテン姿のショウ。喫茶店の光景に、女の悲鳴がひびく

11 元の荒野

汗を吹き出したショウ。
遠くにチャイムの音がかすかに聞えている。
仲「なるほどね。(腕時計のリューズを巻きながら)どうして分るんですかね」
ショウ「俺のスケが教えてくれるんだ」
仲「ほう」
ショウ「スケは三時に死んだのさ。酷え死にざまでな」
歩き出すショウ。

後を追う仲。

歩く二人をバックに、

――タイトルが始まっている。

背広を脱ぎ汗を拭きながらポケットビンをあおる仲。


仲「いつでしたか、やはりここで、どっかの渡世人さんと待ち合わせたことがあるんですがね。その男が私を見たとたん、おひかえなすって！　ってのを始めたんです。アイツは口上ってんですか？　関東と申しましてもいささか広うござんす！……おかしかったなあ」

ムンムンする草いきれ。

歩いてゆく二人。

仲、歌うようにいっている。


仲「関東は筑波おろしによしきり啼いて、坂東太郎は利根川の流れを汲みます大江戸八百八町、……エート……昨今改まりましてネオン瞬く恋の都はロマンス大東京にござんす。グルリ巡ります山手線……」

――タイトルが終る。

仲の口調が改まる。

仲「使うモノは？」

ショウ「ハジキだ」

ショウ　仲「ドスはやらないんですか?」
　　　　仲「ああ」
ショウ　仲「並みの腕だと、ホント……」
　　　　仲「俺あ遊びにきたんじゃねえ」
ショウ　仲「嬉しいこといってくれるなあ」
　一本の若木が立っているところまできて停る二人。
　仲、ポケットビンのウイスキーをぐい飲みにして空にすると、若木のところまで、その枝にビンを立てかけて戻ってくる。
　　　　仲「お手並拝見と行きましょう。三発以上だとこの話は無かったことにして貰います」
ショウ「淋しい木だな。血を吸ってるみてえだ」
　　　　仲「(驚ろいて、だが笑って) まあ犬っころが五六匹ってところです。……こないだ二発で吹っとばした奴を見ましたよ」
ショウ「三発じゃやれねえよ」
　　　　仲「………」
ショウ「十三発」
　　　　仲「(ムッとして) まじめにやって貰いたいな」
　いい終らぬうちに轟音がとどろく。

一発であきびんが吹っとぶが、ショウは速射し続ける。
火を吹く腰だめの二丁拳銃。
渦まく硝煙。

仲「……」

呆気にとられて見ている仲。
びしびしと衝撃を受けて揺れる若木。
十三発をたちまち射ちつくして、ふところに拳銃を落とすショウ。

ショウ「一発は残しとくことにしてる」

仲「あ……」

木が、幹の中ほどから折れてゆっくりと倒れる。
仲、苦々しく、恐れて、

仲「(呟やく) こんな枝ぶりの良い木がどこかでみつかると思ってるのか?」

ショウ「新しいのを植えろよ」

仲「……」

ショウ「あの木は死んだ」

12　走る車の中

郊外から街に至る道。

仲がハンドルを握る。
バックミラーの中に尾行する車がぐんぐん近づいてくるのが映っている。

仲「きた！……みつかった！」

うろたえる仲。
ふざけた警笛が鳴る。
追尾車、廻りこんできて平行になる。
窓にショットガンと拳銃の銃口がのぞいている。
前の座席ののっぽの男が罵声を浴せかける。

のっぽ「こんな暑い日にピクニックってな、どういう訳だ⁈　手前のヤサにゃ、もう寝る場所も無くなったのか。そうだろうな。そうだろうぜ！」

男たちは四人、笑い声があがる。
ショウに集まっている視線。
ショウ、相手側の一人をみつめている。蒼白い顔の男——コウである。
二人、微かに笑い合う。

のっぽ「おい、そこの兄ちゃん！　苦み走ったの。なんぼで雇われたんだ？　ええっ⁈」

仲、脂汗にまみれて、卑屈に頭をさげる。

仲「ただの知り合いでして。そんな話はしてませんので……」

のっぽ「何だってしねえんだ?!　早くしてやんな！」

ちびが猟銃の銃身を動かす。

ちび「はした金つかまされて、のこのこ俺っちの前につらあ出すような真似はすんな！　いいか
兄ちゃん！」

コウが眼で合図する。

のっぽ「分ったか！……分ったらどけ！　道をあけろ！」

コウとショウ、視線を外らす。

追尾車、スピードをあげて追い越してゆく。

ショウ「半金前渡しだ。相場どおりでも良い」

仲、ハンカチで汗を拭く。

仲「頼みます」

ショウ「マッチ貸してくれ」

仲、震える手でマッチを渡す。

煙草に火をつけ、マッチのラベルを見るショウ。

目かくしした女の絵の絵柄。

13　仲不動産の前

車を降りるショウと仲。

14　同・中の一室

電話のベルが鳴る。
盗聴用レシーバーをショウに渡す仲。
声が聞えてくる。
声「結構なデイトだったそうじゃねえか。にがみばしった野郎もそこに居るな」
仲「何の御用で？」
声「お前んとこのスケが、何かいうことあるってんだよ。聞いてやんな」
仲「生きておりますか！」
声「ピンピンしてらあ。股あひろげてよ」
受話器から、絶え入るような女の声が聞えてくる。
女の声「助けて……早く、して……」
声「どんなかっこうして、いってるのか、見してやりてえもんだぜ」
男たちの笑い声と、女の叫び声、肉を打つ音がキンキン聞えてくる。
仲、喘ぎ、汗を吹き出す。
声「性根をすえてかかってこい。そっちが勝ったら女は呉れてやる。ちょいと手入れをすりゃ、
まだ使い物にならあ」
仲「頂きに上ります」

声「場所はノラってバーだ。あしたのひる三時。忘れるな。人払いはこっちでしといてやる」
仲「あしたのひる三時に。ノラで」
声「楽しみだな」
女の叫び声が続く。
電話を切る仲。
仲「聞きましたか？　うちの事務員やってた女です。さえっていうんですがね」

15　ある地下室

電話の受話器を置く手が、女（さえ）の髪の毛を摑む。
虚ろな眼であお向くさえ。

16　無声映画のスクリーン

雨降りの不鮮明な画面に、しどけなく眠る女さえの姿が映っている。

17　仲の店・一室

スクリーンを見ているショウと仲。
仲「あれが消えてからもう半年になります。……たまに、奴らがああやって声だけは聞かせてくれるんですがね」
ショウ「………」
仲「一寸した不動産のトラブルがもとで……ひどいいやがらせですよ」

ショウ「さっぱり見えねえな」
仲「見えない？　何いってるんだ、あんた。よく見てくれよ！　さえはひでえめにあってるんだ。ちゃんと映ってるのが分んないのか！　ええ?!　おい！　ショウさん！」
仲、もの凄い顔でショウに迫る。
ショウ「ひでえ雨降りだってんだよ」
画面は全く不鮮明である。
仲「なぶられてんじゃねえか！　奴らが寄ってたかって、いたぶってるんだ！」
ショウの眼に、画面が急に鮮明に見え出す。
仲「（夢中で）出て来た。ほら、覆面してる。あの男。……あの男がさえを押さえつけて丸裸にしちまったんだ。こっち側の椅子に坐った奴の足が出てんでしょう？　そいつが（声色で）『ちゃんとした見世物にしろよ。売物になるようにしろ』っていったんだ。私は『やめろっ！』って叫んだ。そしたら、写真機もったのっぽが、『役者やりてえってのか?』って訊いたもんだ。何いってんだ。あれは、さえは、私の女だ！　私の女。それをさ。私の見てる前で、つっ転がしたり何かして、一部始終をシンシャにとろうってんだ！『やめてくれ！　もうあんた達のいう通りにする！　土地も呉れてやる！』私がいうと、椅子に坐った男は何ていったと思う？　え？　あんた。何てったと思う？　その男」
ショウ、うんざりしている。

仲、上気して声色を使う。

仲「『おめえ、何だってそうガタガタいってやがんだ。あのシマの事あ、別の筋からちゃあんとお上に話が通ってるんだ』……ねえあんた。その男はこういったんだ。私はもう奴らとまっとうに喧嘩したって始まらんことが分りました。……『さえ！　舌嚙め！　思い切ってベロ出して、嚙んでくれ！』死ぬつもりでしたからね。あれは、もう滅茶滅茶にやられてしまって……それでも何とかベロ出してましたよ、ベロをね。そしたら、そしたらあんた。奴ら、さえの下着のきれっぱし口の中につっこんじまった！」

ショウ、暗い顔でスクリーンを見ている。

仲「何百回も映したもんで、すり切れてよく見えないかも知れませんけどね。私は隅々まで覚えてますよ」

ショウ「誰か居るぜ」

暗がりに人影が動いて、離れた場所にひっそりと立つ。

仲「自分の娘のことが心配なんですよ」

人影が卑猥に笑う。

仲「うるせえ！」

声がやむ。

ショウ「まさか……」

仲「あれが父親です」
ショウ「（怒って）あんたがてめえで行ってカタをつけるのが本筋だな」
仲「駄目ですよ」
ショウ「どうしてだ！」
仲「駄目です。……鉄砲なんて射ったこともないし。それに、三人や四人やっつけたってどうなるもんでもないでしょう」
ショウ「とんだ三枚目をやっちまうとこだったぜ。俺あ」
仲「本当をいうと、私だってあの女が生きて帰ってくるなんてことは信じちゃいませんのですよ。……あ、終った」
灯が点く。
狂った眼が、ショウをみつめている。
片隅で老人が叫び出す。
老人を殴りつけている仲。
床の上に伸びる老人。
インタフォンから声が聞えてくる。
声「先生が見えましたよ」
仲「通してくれ」

扉が開き、猫背の医者が入ってきて目礼し、すぐ老人のところへ行く。
老人を抱き上げた医者、いきなり人工呼吸をほどこす。めざめる老人を押さえつける仲。

仲「（ショウに）弱ってるもんですから。栄養剤を射ってもらってるんです」

医者、痩せた老人の腕から注射針をひき抜く。

医者「またひきつけ起したら、今みたいにやって下さいね。ではお大事に」

医者、身仕度して去る。
床の上に、よだれを流して、子供のようになっている老人。

仲「（ショウに）怒ってるんですか？」

ショウ「さっき車で会ったあの連中が相手だな？」

仲「そうです。四人」

ショウ「よし。半金前渡したぜ」

仲「本当ですか？」

仲、机の引出しから札束をとり出して手渡す。

ショウ「（懐中にねじこんで）勝負に負けたらこいつがオトシマエに化けるって寸法なんだろう？」

仲「……気にしないで下さいよ」

ショウ「明日の三時半にはな……」

老人が隣室の扉を開けている。

扉の向うに、裸の女の脚がのぞいて見える。

仲「（笑う）おもちゃです」

老人がその脚を抱えこみ、顔を寄せている。

仲「あんなもん相手にして、一日中遊んでるんですからね。えらく満足してるらしいですよ。

中へ入ってごらんになりますか」

ショウ、眼が離せない。

扉の向うから、テープにとったらしい女の呻き声が聞えてくる。

仲「歌だって歌うんですよ（笑う）」

〝春のうららの……〟

女声三重唱である。

ショウ「明日の三時半にはちゃんとここに居てくれ。女は間違いなく連れ戻してきてやる」

仲「嬉しいこといってくれるなあ」

ショウ、複雑な表情をして出てゆく。

18 夜の町・A

歩いているショウ。

後を尾けてくる男がいる。

19 夜の町・B

歩いているショウに、娼婦らしい女（美那）が寄って行く。

美那「火貸してよ」

ショウ「……」

美那「（マッチを出す）じゃ点けて」

ショウ、そのマッチを取り上げる。

美那「ねえ……」

ショウ「おもちゃはおもちゃ箱ん中にしまっとけ。後のチンピラに、ぶっそうなもんはひっこめろっていってやれ」

美那「ああ良い声。シビレた」

ショウ「俺にゃ暗がりからぶっ飛んでくるもんが見えるんだ。そっちにお前のオッパイ向けちまったら、どうなるんだ」

美那「マッチ返してよ」

ショウ「失せろ。パン助」

美那「泥棒」

20 夜の町・C

チンピラ風の尾行者をひねり上げているショウ。

ショウ、マッチをつきつける。
ショウ「見えるか？」
チンピラ「ああ」
ショウ「絵柄をいってみろ」
チンピラ「女の顔だ。眼かくしされてんだ。眼かくしよ。黒い布だ。そいつが耳を半分ふさいでんだ。
女あ鼻の穴あけてるね」
ショウ「（マッチを見て）何だってこんなマッチ使わなきゃなんねえんだ」
チンピラ「煙草吸う客がうようよしてっからよ。バーってとこはよ」
ショウ「何だって目かくししてなきゃなんねえだってきいてんだ」
チンピラ「聞いてみてやろうか。今度。多分そんなことききくのは常連だな。そんなこと俺は仲々切り
出せないだろう。あんたは恐ろしいこという人だよ」
ショウ「何？」
チンピラ「おっかねえことを平気でいう人だよ、あんたは」
ショウ「何がおっかねえんだ？」
チンピラ「眼かくしした、じゃねえだろ。眼かくしされた、だろう」
ショウ「馬鹿野郎！」
殴りとばす。

21　鞭を握る男の指

22　鞭をふるうコウ

　暗がりに跳ねる女（リエ）の裸身。女の顔に、眼かくし。

ショウの声「殺してやる！　殺す！」

23　夜の町・D

　歩いてゆくショウ。

ショウ「殺してやるぜ。コウ。この街にテメエを追いつめたからにゃな。もうどうしようもねえぜ」

24　バー「ノラ」の表

　入ってゆくショウ。

25　「ノラ」の中

　壁にもたれて煙草の煙をすかし見るショウ。

26　ショウの回想（数年前）

　ノラににた、あるバーの中。

　バーテン姿のショウとコウ、それにホステスのリエがたち働いている。

　コウの手がリエの尻に触る。

ショウのN「俺の女だ。手をひっこめろ。コウ。ひっこめろってんだ」

コウの手がリエの尻を離れる。

27　元の「ノラ」の中

戸口を離れ、混雑の中に分け入るショウ。

人々のざわめきが急にしずまる。

コの字型のカウンターを挟んで、みつめ合って座っているショウとコウ。

あたりを埋めていた人々がどやどやとバーを出てゆき、ショウとコウの二人だけになる。

化粧用の小型ナイフで爪の手入れをしているショウ。

互いに、相手の胸許あたりに視線を漂わせている。

コウ、爪の先を一吹きしていう。

コウ「お前の心臓が透けて見えるな」
ショウ「どんな色してるんだ?」
コウ「真っ青だ」
ショウ「色盲だったな。お前は」
コウ「………」
ショウ「………」
コウ「もう鬼ごっこにゃアキアキした」
ショウ「大したもんだぜ。よくこれまで逃げのびられたもんだ。何かヒケツでもあるのか?」

コウ「匂ったんでな。お前が5キロ先に近づくとプンプン匂って酒が不味くなったもんだ」
ショウ「（自分の匂いを嗅ぐ）俺はワキガなんかじゃねえぜ」
コウ「屁の匂いだよ。お前の」
ショウ「そうだったなあ。一発やると俺あ5キロ吹っとんでお前の眼の前に現われたもんさ。そんな時のお前の面あ見ものだったぜ。クソもションベンも垂れ流しだったんだろう？」
コウ「臭え話はやめようぜ」
ショウ「いいとも」
コウ「………」
ショウ「………」
コウ「もうかくれんぼはご免だってことよ」
ショウ「三時にここへきてりゃ良いのか」
コウ「そうだ。三時ちょっと過ぎにゃ、お前がその辺でくたばってるって仕組みよ」
ショウ「三時に、ガキ共はオヤツをねだるんだろう」
コウ「B・Gがトイレにとびこむよ」
ショウ「社長は茶を呑む」
コウ「パチンコ屋が店を開く」
ショウ「俺たちゃ三時に……」

コウ「殺し合いだ」
ショウ「………」
コウ「………」
ショウ「三時まぢかになると俺の身体中のゼンマイは巻き上がってギシギシわめくんだぜ」
コウ「ロボットみてえにか」
ショウ「何回お前を殺したか。この五年間の間じゅう、毎日三時になるってえと眼え開いたまんまでみる夢ん中で……」

28　コウを殺すショウ（ショウの幻想）

（フラッシュ）
さまざまな方法でコウを射ちたおすショウ。
コウはぶざまに息絶え、ショウはそのそばに立って勝ち誇る。
三時きっかりの時計と、うごめくリエの裸体。

29　元のバーのカウンター

コウ「（蒼ざめて）明日の夢じゃねえんだ。気の毒によ」
ショウ「コウ………」
コウ「何だ?」
ショウ「（指輪をつまみ）覚えてるか?　ほっそりした、白い指だったな」

コウ「安物だ」
ショウ「誰かに呉れてやろうかって思ってるんだ」
コウ「安物だよ」
ショウ「もう持ち歩く必要がなくなったらしいんでな」
コウ「泣きが入ったな？　ショウ」
ショウ「（歯をむき出す）俺あお前にいってやりにきた！　逃げたきゃ逃げろ！　いつもみてえに、シッポ巻いて、ぎゃあぎゃあわめいてトンヅラしろ！――そういいにきた」
コウ「（歯をむき出す）俺あ張り合うっていってんだ！」
ショウ「気をつけて物をいえ」
コウ「そっちこそ気をつけろ。俺が前みてえに一匹だと思ったらそいつあ違うぜ。もう俺にゃちゃんとしたバックがついてるんだ」
ショウ「バックな。……罪もねえ小娘ひっつかまえて見世物にして、そいつを飯のたねにしようって連中の仲間入りか」
コウ「よく知ってるなあ」
ショウ「本当に良いんだな」
コウ「くどいぜ」
ショウ「よし。お前の助っ人どもに宜しくいっといてくれ」

ふらりと立つ。
コウ、小型ナイフを投げる。
カウンターに置かれた指輪の真ん中に突き立って震えているナイフ。
ショウ、それに眼をやらずに出てゆく。

30　夜の町

歩いているショウ。
チンピラたち、遠巻きにして見ている。
――射ち合いは明日だ
――今夜は何も起こらねえよ
タクシーを呼びとめるショウ。

31　走るタクシーの中

暗く、殺意に燃えているショウ。

32　あるホテルの表

タクシーを降り、中へ入るショウ。

33　ホテル・ロビー

ショウ「タバコを呉れ」
レジの男「どうぞ。……お楽しみで」

意味あり気にウインクするレジの男。

ショウ「?……そうか」

ホテルのマッチを見つめるショウ。

ノラのマッチによく似ている。

つき出した女の胸のところが、擦り薬になっている。

ショウ「分ったよ」

チップをせびるレジの男の眼。

ショウ「洒落たマッチだってことよ」

34　406号室

拳銃を構えて入ってきたショウ、手に持った背広を振りかざしベッドへ突進する。

マッチのラベルそっくりなかっこうで、娼婦の美那が裸をくねらせて笑っている。

ショウ「出ろ!」

背広、ネクタイ、シャツを投げつけるショウ。

美那「抱いてごらん。とろけるよ」

毛布の中に潜りこむ美那。

ショウ「スケとシンネコってとこをやられた話はゴマンとあるんだ。そんな手に乗るかってんだ。

出てこねえとぶっとばすぞ」

美那「やってみせてよ」
ショウ「我慢のならねえのはその安香水だ！　プンプンさせやがって！」
美那「安かないんだよ！」
ショウ「冗談でいってるんじゃねえ」
　ショウ、髪をつかみ、叫ぶ美那をひきずって浴室へ追いこむ。

35　浴室

美那「気違い！　けだもの！」
　浴槽に突きとばされる美那。
　叫び声と乱打。
　とび出るショウ。

36　406・室内

　浴室の扉にもたれて息をつくショウ。
　中から、美那の歌う歌声が聞えてくる。
　ショウ、拳銃に頬ずりする。
　レボルバーの弾倉を廻し、安全装置を外したり入れたりしている。
ショウ「くそっ……」
　美那、いつの間にか歌いながら浴室を出てショウにより添っている。

美那「大事なハジキに油を注さないで行っちゃいやだよ。弾丸が出なくなったら、私ゃどうすれば良いのさ。毎晩男をくわえこまなきゃなんないよ。だからあんた。手入れを忘れちゃ駄目だよ」

ショウ「おう！　忘れたことなんてねえぞ。俺とこいつを離そうったって無理な話だ」

美那「冷たい」

ショウ「こいつが怒り出したらこんなもんじゃねえ。火傷しちまうぜ。こいつにガンガン好きなだけ吠えさせてやるとな。銃身にカゲロウがのぼって、獲物のかっこうはボヤケちまうんだ」

美那「とろけるよ」

ショウ「おう！　ぼやけるとも！　眼の前がぐにゃぐにゃになっちまうんだ。弾丸の出てくるのが見えるぜ。まるで蛇みてえに、真っ赤に灼けた俺のダムダム弾が、相手の喉笛に喰らいついて奴をひっかき廻すのがな」

△インサートで――

かげろうの向うでのけぞり倒れるコウの姿。

美那「抱いてよ。抱いて」

ショウ「俺あ皮の手袋をはめる」

美那「ベンチレーターでもくっつけりゃ良いのにね。暑いよこの部屋」

ショウ「うめえこというぜ、おい。ハジキにベンチレーターくっつけろ！　空冷式の酔いざましときた！　くそ！　コルトバイソンの最新式な。あいつにゃちゃんとくっついているんだ！
ベンチレーターが！」
美那「シビレたわ！」
ショウ「眼をさましやがれ！　淫売め！」
美那「私なんかよりも、ハジキの方が良いなんてわめいちゃって！　何さ！」
ショウ「くそったれ！」
猛然とベッドに倒れこむ。
銃身の下で美しくなりかえる美那の裸体。

37　同・ベッドの上

爪を立て、噛み合っている二人。
美那「逃げてよ。私を連れて！」
ショウ「誰が教えた！」
美那「あああのいやな声。……どうしてもさからえないんだ」
ショウの拳銃の銃口が、微かなカーテンの揺れにも、蛇のように素速く、鎌首をもたげている。
美那「美那ってんだ。あんたは?」
ショウ「ショウ」

美那「ショウ。……こんなことってなかったよ。凄いよ」
ショウ「コウの女だな?」
美那「(激しく首を振る) 違う!」
ショウ「隠すな。投げドスのコウだよ。俺のダチだ。俺のスケを殺して逃げた野郎よ」
美那「知らない」
美那の手が巧みに動き、ショウの拳銃の弾丸を一発抜いている。

38 ショウの回想

△リエのアパート。
チャイムの音が聞える。
リエの裸身を離れたコウ、部屋の隅で吐く。
あくどく彩られた口許。
△リエの死体を抱きしめるショウの暗く燃える眼。部屋の隅にラーメンの片れ端の混った吐瀉物がわだかまっている。
床の上に枕時計が三時でとまっている。
ショウ、リエの指に、贈り物の小箱からとり出した指輪をはめてみる。

39 元のホテルのベッド

ショウ「お前にピッタリかも知れねえな」

美那「何さ」
ショウ「楽しみにして待ってな。あしたの三時すぎになりゃ……」
美那「うそだろ?」
ショウ「何がよ」
美那「コウがあんたの恋人殺したっての」
ショウ「……（あくどく見下ろす）」
美那「ね。ね！」
ショウ、美那を殴り倒す。
ショウ「俺が奴を追っかけ廻してるのは何のためだ?! 日本中、奴のケツにくっついて廻ったのは何のためだってんだ！」
美那「悪かったよ。知らないんだもん」
ショウ「もう少しって時だってあったんだぜ。ある町でコウのスケをとっつかまえて待ち伏せした時にはな」

40 ある安宿の一室（回想）

窓外を見下ろすショウ。
車がとまり、降りてきたコウが玄関へ消える。
ショウ、拳銃を抜き、部屋の中央へ行く。

ぐるぐる巻きにされた女が転がっている。
ショウ、それを抱き上げ、拳銃の狙いを戸口につける。
戸が開き、コウが立っている。
微笑し合う二人。
同時に消音銃の銃火と刃物の尖光がとびかい、敏捷に動く二人。
ショウの首筋に血が吹き出し、コウは左肩を押さえてよろめき、扉の外へ飛び出す。

41　夜の町

追跡するショウ。コウを見失なう。
血みどろの顔。

42　元の406号室・ベッドの上

美那「いやだ……」
ショウ「残しといた女はよ……」
美那、ショウの胸にすがりつく。
ショウ「触ってみろ。分んねえか？　うずいてやがるんだぜ。奴のこさえてくれたこいつが、殺せ！　殺せってわめいてるんだ」

43　安宿の一室（回想）

入口に立ち、血で肩先を朱にそめたショウ、足下の女を見下ろして扉を閉める。

壁に突き立っているナイフを抜きとるショウ。
さるぐつわの下で、声にならない叫びをあげる女。

44　406号室・寝室

美那をのぞきこむショウ。
美那「よしてよ……」
ショウ「お伽話だ」
美那「うそ！　うそだろ?!……」
美那、ショウの傷あとに接吻する。
美那「暖ためてあげたいのさ。ただそれだけなんだ。氷みたいに冷たいから……」
ショウ「奴の傷あとにもそうやったな。あいつの左肩にもよ！」
美那「馬鹿ヤロ！」
美那、ショウを殴る。
押さえこんだショウ。
甘美にのけぞる美那。
ショウ「可愛いぜ」
×　　×　　×
暗がりに鋭く、眼を光らせるショウ。

美那、囁やいている。

美那「逃げて。まだ間に合う……ワナに掛けられてるのが分んないのかい。あんたを雇った男はね」

ショウ「知ってら。仲はマムシだ」

美那「分ってやしないいんだ」

ショウ「俺を誰だと思ってるんだ？（笑う）コウの奴だって待ち遠しがってるんだぜ。明日の午すぎ三時だ。……三時は俺たちの待ち合わせの時間なんだ。……」

美那、枕時計を盗み見る。

午前三時が近い。

美那「あんた……」

とつぜん、電話のベルがけたたましく鳴り出す。

息を呑む美那。

ショウ「んにゃろ！」

突っ伏す美那。

ショウ「パン助！」

ショウ、油断なく拳銃を右手に構え、ゆっくりと受話器へ歩いてゆく。

美那、掌の中に抜きとったショウの銃弾を握りしめる。

美那「触んないで！」

受話器をみつめるショウ、凄く笑う。

ショウ「爆弾仕掛けてあるってんだな?」

急を告げ続けるベル。

ドアのノブが音もなく廻っている。

美那、叫ぼうとする声が出ない。

ショウ「お前が誰の持ち物だか聞いてやら」

ショウ、左手を伸ばし、受話器を取る。

美那「うわっ!」

みひらいた眼が、一瞬のうちに開かれる扉と、ふみこみざまナイフを投げるコウの姿を見ている。

美那の眼の前が真っ暗になる。

45 同(まひる)

窓外に、午後の熱気の燃えさかる町並み。

ショウ、調子外れの鼻歌を口ずさみながら浴室を出てくる。

裸の胸に光る水玉を拭き窓外を見る。

46 路上

日蔭をゆく通行人。

路傍に平たくなったどぶ鼠の死骸を車が轢いてゆく。

47　ホテル406号室

ショウ、眠っている美那を見降ろしている。

ショウ「今日も暑そうだぜ……」

ショウ、正直そうな、人の良い笑い顔で

ショウ「ねぼすけめ。……すぐ帰ってくるからな。おねんねして待ってな」

腕時計をのぞき、拳銃を懐に落として出てゆく。

48　ホテル・表

出てくるショウ。

ムッと吹きつける熱風。

盲の乞食がショウに手を差し伸べている。

ショウ、一べつも与えずにタクシーに乗りこむ。

49　バー「ノラ」

扉が開き、中に居るコウとその相棒が振り向く。

のっぽとちびの子分が入ってゆく。

ちび、コウに何ごとか囁やき、のっぽと連れだって出てゆく。

相棒、グラスを弾く。

カウンターの中で震えていたバーテンが、慌ててウイスキーを注ぐ。

50　走るタクシーの中

座席に埋まっているショウ、頬をひきしめる。

51　バーの中

コウ、カウンターのスツールを降りて背後の小窓を開け、外をうかがう。

窓外は無人のバー街の一角。

少し離れた位置のゴミ箱のフタがごそっと動く。

相棒、ウィスキーを一杯やる。

空のグラスがカウンターに叩きつけられる。

バーテン、とびあがり、グラスをつかむ。

相棒、ねめつけて拳銃の弾倉をあらためる。

52　露地の入口

物陰で同様に拳銃をあらためるのっぽ

そこから、離れた位置のゴミ箱をうかがう。

53　ゴミ箱

フタが細く開き、ちびの眼がのぞいている。

54　走る車

停まる。
ショウ、降りて雑踏に見えなくなる。
三時まぢかの大時計がそびえている。

55　バーの中

小窓のそばで、ふり返り相棒をみつめるコウ、懐に手を入れる。
さっと振り向く相棒。
ナイフを抜いたコウ、席へ戻り、爪の手入れを始める。
舌打ちするコウ。
仕損じて、指先に血が滲み出ている。
けたたましく鳴り出す電話。

56　露地の入口

ゴミ箱からは見えない位置で、のっぽの男が、ショウに拳銃をつきつけられている。
電話の音がやむ。
静かにゆくショウとのっぽ。

57　バーの中

コウ、受話器を戻す。
相棒、銃身をそろりと前に突き出す。

狙いの先に、カレンダーのヌードが笑っている。

58　大時計

三時のチャイムが鳴り出す。

59　露地

ゴミ箱に向かってのろのろと歩いてゆくのっぽ。
ふたが少し開いて、不審げな顔のちびが顔を出す。

60　バーの中

とつぜん扉が開き、跳ねる二人。
ナイフが鋭どく空を切り、銃声がたちこめる。
硝煙が漂よう中で、それぞれに、テーブルと椅子を楯にした二人がのぞく。
入口の壁に叩きつけられたチビが、血を吹いて倒れる。
胸にナイフが突き立っている。

相棒「野郎！」
かけ寄ろうとして、一歩出る。

コウ「ひっこめ！」
床をはって戻ろうとする相棒の背後でギャッとあがる悲鳴。
入口で、ノッポの男が、うらめしそうな顔でよろめき倒れる。

同様に、心臓に突き立っているナイフ。

コウ、舌打ちして、ナイフを拳銃に持ちかえる。

唇を噛む相棒。

あっと振りむいた顔に、ガラスの破片がとび散って、小窓いっぱいに火を吹く銃口が見える。

コウ、テーブルを楯にそこへ乱射。

静かになり、チャイムの音が透んで聞える。

頭を射ち抜かれて崩れた男の、奇妙な姿勢。

シューシューと、血の吹き出る音。

カウンターの中からバーテンのすすり泣く声が聞えてくる。

小窓にチラと影が動いたのへ一発。二発。砕け散るガラス。

しばらくして、入口にのぞいた人間の頭らしい物へもう一発。

何気なく、穴の開いたソフトを左手に右手の拳銃を懐に落しながら入ってくるショウ。

コウの頭に、ソフトがくるくると空を滑って飛び、のる。

ショウ、真っすぐカウンターに寄って立つ。

ショウ「一杯やりてえもんだな。コウ。どうしたんだ。やる気をなくしたのか?」

コウ、拳銃の引き金をひく。

カチッ。

ショウ「誰かがタマを抜いたんだろうぜ」
コウ「殺せ！」
ショウ「女はどこだ？」
　コウ、使用人室の扉を示す。
ショウ「よし」
コウ「殺してくれ」
ショウ「むろんだ。こっちへきな」
　よろめき近づくコウ。
ショウ「あっさり死ねると思ってたのかよ」
　ショウの拳銃がひらめく。
　銃身の横なぐりを鼻柱に受けて、血を吹いて床に崩れるコウ。
　バーテン、ひゃっくりをする。
　電話が鳴る。
　バーテン、震えながらショウにウイスキーグラスを差し出す。
　鳴り続ける電話のベル。
　ショウ、黙れ、とでもいうように、受話器を左手で押さえ、いやな顔になる。
　ウイスキーグラスの中を一匹の大きなハエが泳いでいる。

思い切って受話器をとり上げるショウ。

ショウ「ショウだ」

声「おい……」

ショウ「ショウっていう殺し屋は俺だ。今、虫けらを一匹やる所なんだ」

声「おい……」

ショウ「何だよ」

声「おい……」

ショウ「コウの野郎にいま、一杯やりてえなっていってやったんだ。ところがここの飲み物あシャレすぎていて俺の口にゃ合わねえのさ」

声「おい……」

ショウ「うるせえ！　オトシマエは貰ってくぜ」

ショウ、コウの襟首をつかんでひきずり、使用人の扉を開く。

バーテンが後めたそうな顔で、蝿の浮かんだウィスキーを呑んでいる。

61　地下の通路

コウをひきずってきたショウ、光の洩れるのぞき窓に顔を寄せる。

62　地下室・1

眼かくしされた女が転がっている。その傍で、つかみ合いを演じている裸の二人の男。

ショウ、入って行き、拳銃をつきつけるが、二人は争いをやめない。
バスッバスッと鈍い音がして、二人の男はショウの弾丸を腹に受け床に崩れる。
ショウ、女の眼かくしをとり、髪を掴んでのぞきこむ。
女は脅えきった顔でショウに腕を廻す。
ショウ「さえって女はどこだ?」
女、答えない。
コウをひきずってそこを出るショウ。
仲の声が聞えてくる。
仲の声「関東と申しましても広うござんす……」
ショウ「仲。居るのか?!」
ふり返るが、女が二人の男の死骸にとりすがっているのが見えるばかりである。
仲の声「関東は筑波おろしによしきり啼いて坂東太郎は利根川の……」
声が次第に遠くなる。
ショウ、舌打ちし、コウをひきずって更に進む。

63　地下室・2

電話器の向うで、寝台の回りを取り巻く覆面の男たちが見える。

「ちゃんとした見世物にしろよ。売り物になるようにしろ」

「舌を噛みそうにしやがったら下着をくわえさせるんだ」

「よし、廻せ」

「おとなしくしろ」

撮影機を持った男が動き廻り、椅子に座った男が笑う。

覆面をした男たちが一人の女（さえ）に襲いかかっている。

64　のぞき窓

拳銃の撃鉄をあげるショウ。

65　地下室・2

下着の切れ端をくわえて気絶するさえ。

「ちえ？　眼をさまさせろ！」

とたん、銃声が轟ろき、裸の男たちが硝煙のたちこめる中を跳びはねる。

射ちまくっているショウ。

応戦する男たち。

電灯が砕け散り、暗闇になったあちこちにあがる悲鳴と銃声。

静かになる。

マッチの火が点く。

薄明かりに浮かぶさえの裸。

ショウ、マッチの火を傍のローソクにともす。
さえの眼かくしを取るショウ。

ショウ「間違いねえ」
仲の声が聞えてくる。

仲の声「駄目ですよ」
ショウ「おとしまえだ。オネンネしてら」
仲の声「駄目です。仇うちなんかじゃありませんからね。三人や四人やったってどうなるもんじゃなし……」
ショウ「何人やったか見ろ！」
ショウ、火を高くかかげる。
床いちめんに転がっている死体の山。
ショウ「俺のダムダム弾を喰って生き返った野郎が一人だって居るってのか？　38口径だ。よく見ろ！　ライオンだっていちころだ！」
仲の声「エート……昨今改まりましてネオンまたたく恋の都はロマンス大東京にござんす。ぐるり廻ります山の手線、ストトントンと下りまして……」
ショウ「起きろ！　眼えさましな。姐ちゃん……」
ショウ、さえを抱き上げる。

仲の声が遠くなり、すぐ近くでふくみ笑いが起る。
椅子にうなだれて笑っていた男が顔を上げる。
ショウ「早起きだな」
男は椅子のコウである。砕けた鼻柱の血を拭っている。
コウ「一杯飲みてえもんだ」
ショウ「よかろう。あとでたっぷり飲ましてやる。昔馴染みのよしみでなあ。その前にこいつを運ぶんだ」
コウ「早いとこ殺ってくれ」
ショウ「あっさり死ねるなんて思っちゃいねえんだろう? 何しろ五年がかりの夢がかなおうってんだ」
ショウの拳銃が火を吹き、コウの片耳が吹っとぶ。
ショウ「ざっとこんなぐあいだな。一寸刻みに、楽しませて貰おうってわけよ。さあ運べ!」

66　地下室の廊下

さえを抱きかかえたコウに拳銃をつきつけて歩くショウ。
靴音がこだまする。
どこかで電話のベルの音がする。
一室の扉を蹴開けるコウ。

67　仲の店・一室

入ってきたコウ、さえを床に下ろす。
ショウ、拳銃を動かし、コウをうながす。
床の上に、老人がひっそりと坐り、握り飯を頬ばっている。

ショウ「涙の対面だ。……くたばる前に少しは罪滅しをしてやんな。老いぼれが正気に返るかも知れねえぜ」

コウ、さえをひきずって老人の前に置く。
ショウ、握り飯をとり上げる。
老人、歯をむき出して呻る。

コウ「お前に何が出来るってんだ」
ショウ「殺し」
コウ「他には？」
ショウ「………」
コウ「（娘を見て）こいつはもう眼をさまそうって気が無えらしいぜ」
ショウ「眠ってるだけだ。そうじゃねえか」

コウ、優しく笑う。
ショウの拳銃が火を吹き、コウがのけぞる。

もう片方の耳が吹っとんでいる。
コウ、気絶する。
ショウ、ぞっとなる。
床上に散乱した飯粒が動き、拡がってゆく。うじ虫の群れだ。

ショウ「起きろ！」
ショウ、コウの頭髪を摑み、ウイスキーを鼻面へどくどくと注ぐ。
激痛に耐えられず暴れまわるコウ。

ショウ「苦しめ。もっと苦しめ！」
コウの眼は虚ろである。

コウ「殺せ！」

ショウ「むろんよ」

コウ「お前も……相当の悪になったな。……知らねえ間に……」

ショウ「あの女は眠ってるだけなんだ」
床の上で、老人がさえの上にのしかかっている。
ショウ、とびかかり、殴り倒す。
動かなくなる老人。
ショウ、インタフォンのスイッチを入れる。

ショウ「仲！」
　ブーンという音が返ってくる。
ショウ「虫ケラを一匹片づけようってんだ。見にこねえのか？」
　声「おい……」
ショウ「誰だ？……」
　扉が開き猫背の医者がスタスタと入ってきている。
医者、眠るさえの首をのけぞらせ、いきなり接吻する。
ショウ、戦慄する。
上眼使いにショウを見上げる医者。

×　　×　　×

コウ、眠るさえをひきずってゆく。
めくれ上がったさえの太股に、顔を近づけながらかがみこんでゆく医者の歩みが停る。
枯木のような老人の細腕が、さえの身体にしがみついている。
医者、その腕に注射の針を突き刺す。
床の上に転がる老人。

68　隣室

寝室になっている。

ベッドの上で、さえをマッサージしている医者。

ショウ「眠ってるだけだろう?」

医者、じろりと見、出てゆく。

ショウ「(コウに)こいつあ眠ってるだけなんだ」

ショウ、扉を閉め、拳銃でベッドを狙う。

ショウ「眼を覚まさせろ。俺あ涙のご対面って奴が見てえのさ。そうだ。そうやってろ良いざまだぜ。コウ……」

さえの唇をふさぎ、人工呼吸をやっているコウ。

コウ「ロボットみてえだな」

ベッドの上の情景が、昔のリエのアパートに似ている。

69　リエのアパート(ショウの回想)

裸身がうごめく。

恍惚の声をあげ、コウの肉に爪をたてているリエ。

勝ち誇ったコウの顔が、ショウをうかがっている。

70　元の寝室

ショウ「くそ!」

ショウの拳銃が火を吹く。

　コウの横顔からバンソーコーが吹きとび、血が、さえの白い胸に滴たり落ちる。
　コウ、ビクともせず、マッサージを続ける。
コウ「もうアキアキしたぜ」
ショウ「息を吹き返させろ。その位のことがやれねえのか?」
コウ「心臓が透けて見えるぜ」
ショウ「気絶してるだけだ」
コウ「真っ青だ」
　ショウ、急に咽吐する。
　コウ、虚ろな眼で吐瀉物に眼をやっている。
ショウ「コウ。……」
　吐瀉物に蝿が群れている。
　ずるっと動くラーメンの片れ端。
ショウ「死ね!」
　コウの短剣がひらめくより早く、ショウの拳銃が火を吹く。
　ストンと寝台の向うに転げるコウ。
　ショウ、呆然と呟やく。
ショウ「あの時からずうっと、喰ってやしねえぜ。ラーメンが嫌えになってよ」

71　ショウの回想（五年前）

血みどろのリエの死体を、つねったりひっぱたいたりしているショウ。

起きろ！　起きろ！　と叫んでいる。

72　元のベッドの上

ショウ「起きろ！　眼を覚ませ！」

さえをマッサージするショウ。

ショウ「起きてくれ！　おい！　起きねえか……」

心死に、叩いたり、つねったり、ゆすぶったり……。

だがさえは眼をさまさない。

ショウ、手をとめる。

仲の声「おい……」

戸口へ飛んでゆくショウ。

73　仲の一室

とび出たショウ、老人をまたぎ越える。

ハエが群がっている。

振り返ったショウ、いきなり拳銃を速射する。

ドアの前に立っていた三人の覆面した男があっけなく倒れる。

美那の歌声が聞える。死体の一つ一つを確かめるショウ。

さっきのバーの銃撃戦でたおれたコウの相棒と、のっぽ、ちびの三人である。

ショウ、インタフォンのボタンを押す。

ショウ「仲。まだ支払が半分残ってるぜ。忘れちゃいねえだろうな」

インタフォンの歌声が絶え、銃器をガチャつかせる音、入り乱れる足音に混って聞き覚えのない声が聞えてくる。

男の声「本当にショウって野郎か?」

別の男の声「なあに、ロクにハジキも使えねえ殺し屋さ」

プツンと向うが切れる。

ドアへ突進するショウ。

74 廊下

とび出し、転がりざま、拳銃を寝射ちの姿勢で構えるショウ。

無人の永い廊下に、チャイムのけだるい音と、オフィスのビルに特有のザワメキが聞えてくる。

ショウ、立ち上がり、不安にサボンの埃を払う。

75 元の仲の一室

ショウ、戻ってくる。

ソファに、血まみれの顔のコウが座っている。

ショウ「お前もタフな野郎だなあ」

コウ、力無く笑っている。

ショウ「射ちどめの頃合いか?」

コウ「何・時・だ?」

ショウ、思わず腕時計をみる。

滅茶々々になったガラス。

文字盤は、三時少し前を指している。

コウ「(囁やく)逃げろよ。ショウ。……シッポ巻いて、ギャーギャーわめいてトンヅラしろよ」

ショウ「さいごの一発だ。ライオンだってイチコロよ。38口径のダムダム弾……」

コウ、まばたきをしない。

ショウ「ハジキはコルトバイソンの最新型。ベンチレーターつき……」

あたりが次第に暗くなってゆく。

ショウ「やるぜ」

コウ「………」

ショウ「眼をとじろ。この世にアバヨをやんな」

コウの砕けた鼻柱に銃口をつきつけるショウ。

あらぬ方をみつめているコウの眼。

轟音と火花とがさかまいて、コウはひっくり返る。

カチッ、カチッ。……一発で弾丸はつきている、真ッ暗闇になる室内。

とたん壁に16m/m映画が映っている。

ショウの、悪鬼のような形相。

リエのアパート。

壁を伝って逃げるリエ。

つかみかかるショウの手にナイフ。

ふりかぶる。

一撃。

ショウ、ゲラゲラ笑い、すぐに興味を失なった、という顔つきでそこを離れ隣室へむかう。

76 隣室

戸口に立つショウ、手にしたマッチを擦る。

薄明りに浮かんださえの裸身が、すぐに見えなくなる。

ショウ、もう一度マッチの火をつけ、ライターにともす。

ショウ「旅の仕度だ」

寝台に横たわっているのは美那である。

77　壁のスクリーン

無人の部屋。

映写機の廻る音。

スクリーンが何度も何度も、リエの最後の一瞬――ショウのあの犯罪を映し出している。

78　隣室

ショウ「眼えさましてくれ」

微笑して、ゆっくりと眼を開ける美那。

ショウ「歌を歌ってくんねえか？　あのうたをよ」

遠くから女声三重唱が聞えてくる。

〝春のうららの、隅田川……〟

ショウを柔らかく抱く美那。

消えかかるライターの灯影に、ゆらめいて動く二人の裸。

美那の肌に、ヒビ割れが出来てゆく。

ショウが抱いているのは、誰かにそっくりな人形である。

部屋の一隅で止っていた夜光時計が動き出す。

とつぜん背後の一室のスクリーン一杯に、巨大なハエの影が映っている。

夜光時計の秒針が長針に重なる。

三時——

79 めくるめく白光

ガラスがとび散る。

80 みひらいた美那の眼

叫び声。

轟音の洪水。

81 受話器を掴む血まみれの左手

ナイフが突き立っている。

叫んでいるショウ。

82 ホテル・406号室（深夜）

叫び声と銃声と、靴音、そしてチャイムの音の入り乱れるただ中。

ショウ、耳許の受話器に声を聞いている。

声「おい……」

受話器をもつショウの左手からドッと血が吹き出る。

ショウ、あせって引き金をひく。

カチッ、カチッ……。

コウ、ナイフを構え、余裕たっぷりにいう。

コウ「ショウ。どうしたんだ。やる気をなくしたってのか?」
　ショウ、まだ引き金を引き続ける。
コウ「誰かがタマを抜いたんだろうぜ」
　コウの傍らに立っている相棒が、二発ぶっ放す。
　ショウの両頬をえぐって、両耳が吹っとぶ。
コウ「あっさり死ねると思ってたのか?」
ショウ「お前……」
コウ「苦しめよ。もっと苦しめ」
ショウ「殺せえっ!」
コウ「むろんだ」
　コウのナイフがひらめく。
　ショウの右手首に突き立つ。
　ショウは拳銃を手放さない。
　相棒、笑いながら二発射つ。
　屈みこみ、膝をつくショウ。
　相棒、受話器をもぎとり耳に当てる。
相棒「(受話器に)いま虫ケラを一匹やるところなんで」

コウ「良いざまだ。ショウ、……」

身体をひねると、ナイフがとび、ショウの首筋に突き立つ。

ショウ「ウワッ！」

眼を開けたまま、どうと倒れるショウ。

両脚が空を蹴る。

コウ「俺あ約束の時間に遅れやしなかったよなあ。ショウ。……三時キッカリっていっといた筈だ」

ちび「ひえーっ！」

のっぽとちびの子分、恐怖に浮き足だって奇声を発しながら滅茶々々に射ちこむ。

受話器を持った相棒、送話口を塞ぎ慎重に狙って射つ。

跳ね上がるショウ。

静かになる。

コウ、相棒から受話器を受けとる。

コウ「俺です。……喉がちょっと、ヒリヒリ……一杯やりたいもんで。……へえ。一発鼻っ先をかすめましたがね。大したことぁありません」

コウの鼻先から血が滴っている。

相棒「ロクにハジキも使えねえ殺し屋だったんだぜ。こいつあ」

のっぽ「本当にショウですかね」

　ぴくっと動くショウ。

コウ「（受話器に）多分夢を見てやがんでしょう。……おっと、いま動かなくなったとこで」

　切る。

ちび「死んだ」

　コウ、ベッドへ歩いてゆく。

　医者が入口にたたずみ、それを見ている。

83　同・ベッドの上

　コウ、いきなり美那を殴る。
コウ「出しな！」
　美那、コウをにらみ、掌の中の銃弾をバラ撒く。
コウ「一発喰ったぜ。たった一発残しとくなんてケチってもんだ」
美那「（凄く笑って）相討ちで二人とも死ねば良いと思ったのさ」
コウ「奴の方が良かったか？」
美那「（叫ぶ）似たりよったりの虫けら！　あいつもあんたも双児みたいに同じなんだ！　お笑いだよ！　やることも同じなら、喋ることも同じ！」
　狂ったように笑い出す。

コウ「笑うな」
美那「死んじまえ！　卑怯者！」
コウ「叫ぶな。傷にしみる。……おい！」
　医者と相棒、二人の手下が入ってくる。
コウ「裏切りゃがった。払い下げだ」
医者「はいよ」
　わめきちらす美那を押さえつけるのっぽとちび。
　手早く注射器をとり出す医者。
美那「バカヤロ！　バカヤロ……」
　注射器が引き抜かれ、ぐったりとなる美那。
コウ「こいつが済んだらおロクの始末を頼む」
医者「木の下に埋めさせましょう」
コウ「あ、それからな……」
　コウ、指輪をとり出す。
コウ「安物だがな」
　美那の指に、ぴたりとはまる指輪。
　コウ、一瞬厳しい顔つきになる。

その鼻柱に、血をしたって、ハエが一匹とまり動いている。

コウ「似合うぜ」

出てゆく。

相棒「行くぞ」

ドヤドヤと去る一同。

医者、床の上のショウを見る。

ショウの死に顔に漂よう奇妙な笑い。

（F・O）

84　野原

小鳥が啼く。

車が停まり、仲と別の男が降りて歩き出す。

仲「どこからいらしたんで？」

男「そいつあ勘弁してやっとくんなさい」

仲「結構です」

男「ショウって男がこの町に流れてきてるってうわさを聞きましたんで」

仲「ショウは死にました」

男「えっ？……」

仲「コウっていうナイフ投げの名人にやられて死にました。女と寝てるところをね」
男「（淋しく）そうですかい。……ショウほどの使い手がね」
仲「どっちにしても私にはあんたが必要の様だ。用意は？」
男「いつでもようがす」
　大木の立つところまできてとまる二人。
　仲、ウイスキーのビンをぐい飲みにして空にし、少し歩く。
　大木の幹に空ビンを立てかけて戻ってくる。
仲「この町の名物にダッチワイフってのがありましてね。ショウが生きてたらきっと夢中になるところだったでしょうが」

85　仲の店

　暗がりにうごめく裸形。

　カーテンを開けて出てきたかっぷくの良い紳士、揉み手をして待つバーテンに金を渡す。

バーテン「毎度どうも……」

　入れ違いに医者が入ってくる。

バーテン「今日は二号室のコが風邪をひいてるらしいんです。ひとつ診てやって下さい」

　医者、カーテンを開けて入ってゆく。

86　カーテンの中

眠り姫たちが着飾って横たわる。
セーラー服姿のさえ。結婚衣装の美那。……その他いろいろ。
仲の声「多ぜい抱きにくるんですよ。この町の観光資源っていってもいい位だ。仕事が終ったら、
あんたも抱いてみるといい」

87 野原

男「そいつあどうも」
大木の標的を前にして立つ二人。
仲「三発以内に……」
男「一発でやれまさ」
仲「嬉しいこといってくれるなあ……でもね……」
男、抜き射ちの素早い射撃で——

88 大東京（白昼）

死んだような街並みに銃声がとどろく。
ハエの羽音がする。

——終——

第１章

おとこはつらいよ

やけっぱちのマリア（抄）

手塚治虫

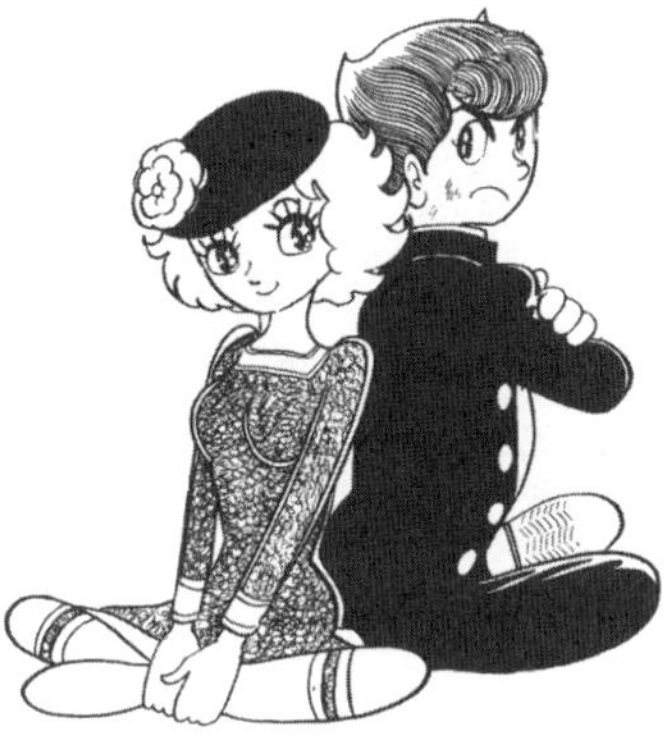

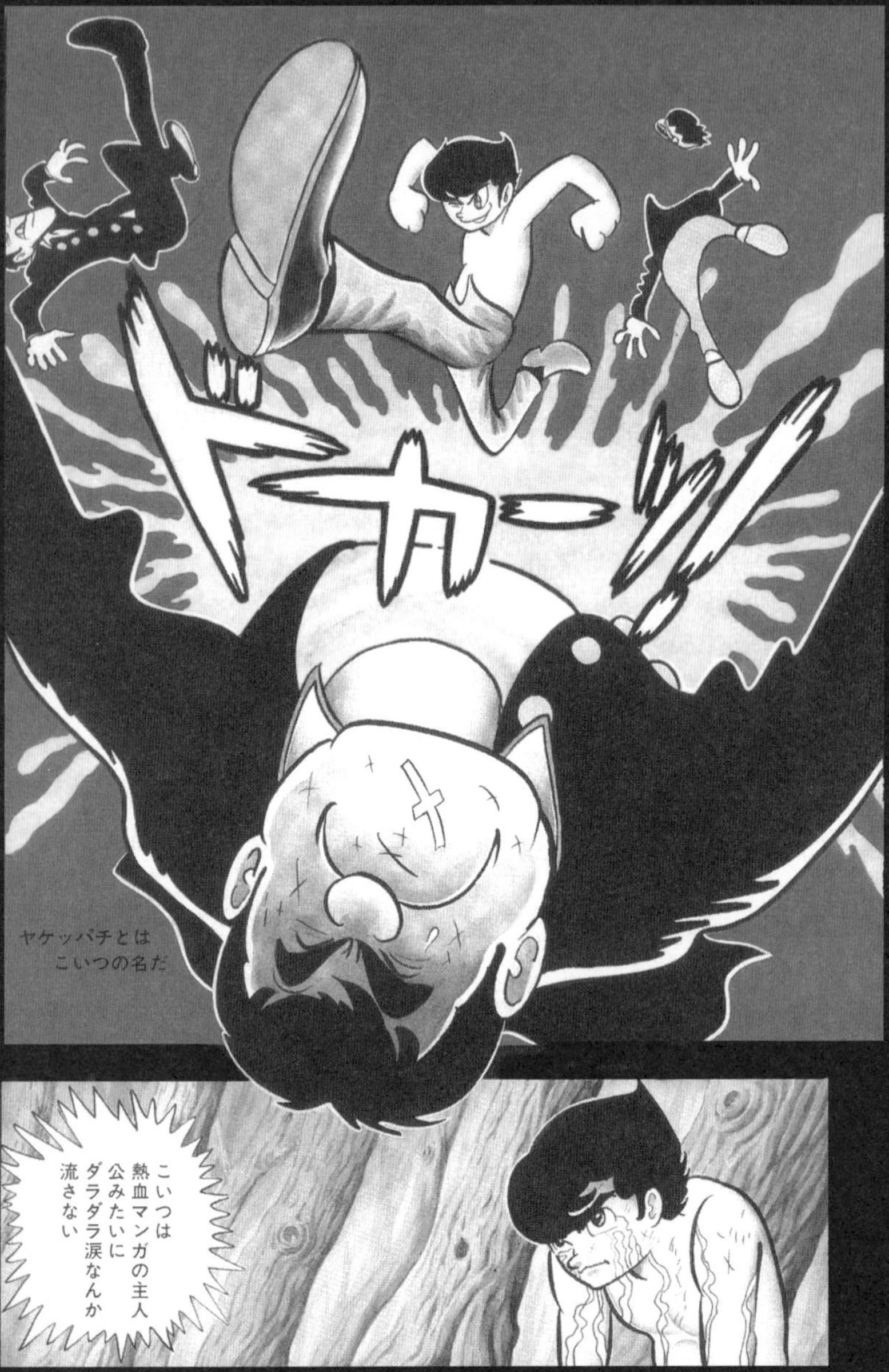
ドカーッ
ヤケッパチとは
こいつの名だ
こいつは
熱血マンガの主人公みたいに
ダラダラ涙なんか
流さない

本名　焼野《やけの》矢八《やはち》
市立第十三中学一年！
だが　一年落第してるんだ
これから
ヤケッパチが
けいけんする
ことは……
世にも奇怪
この広い東京でも
またとないほど
へんてこな事件
それは
ウメズカズオのように
おっそろし〜〜い
ブルッちゃう
ような
ことじゃ
ない!!

てえへんだっボス・ナンバースリー!!
こここれはたしかなニュースまままままちがいなし!
ああ あのヤケッパチがね…
どうした?
男のくせにニンシンしたんだ!!

ニンシンって アノ 赤ん坊が 生まれることか?
バッカヤロー まさか 男が……
ほんと ほんと ヤケッパチが 校医の先生に いってたのを きいたんだ から
くだらねーな どうせ あのばあさんを からかってたんだろう
ちがうっ
ヤケッパチが あんな目を するときは 本気なんだ
どうしたの? ヤケッパチ きょうはどこを ケガしたの?
ドサッ
ビクッ

先生……
おれ
子どもが
生まれ
そうだ
ええっ
なんの
じょうだん？
さあ
みてくれ
よ！
みねえのかよ
ばあさん
ここんとこだぜ
ねえ　ヤケッパチ
赤ん坊ができるって
いうことは
女しかできないのよ
女と男とは
からだが……

みてくれりゃいいんだッ
さあ　ここだっ　よーく診察してくれ
そんなけはいはないわ
腹がふくれてるだろ!?
わたしは　いそがしいんだからね!
これいじょうわたしをからかうと職員会議にだすわよ!
いいかい先生　おれは本気なんだ
おれは本気で診察してくれってたのんでるんだぜ

でてきたっ
な　あの目……
フーム　ありゃ本気だ
あいつ　この一か月ほどまえから　すこし態度がヘンだった……
ボス・ナンバーツー
ほう　ヤケッパチが？
う～～～む
あいつの心ん中になにかがおこってるんだ
いいか　しばらくのあいだ　ヤケッパチには手をだすな　よーく　あいつを監視してろよ

で　母乳《ぼにゅう》をのませて赤ん坊をそだてる動物のことを　哺乳《ほにゅう》類《るい》という　つまり…
母おやのからだから赤ん坊がじかに生まれる動物のことだ
ガタ
先生　しつもん
……
なんですか　焼野くん
赤ん坊が生まれるって　どっから生まれるんだい
どこからって　母おやのからだの中からです
だからよ　からだのどこから生まれるってんですか?
ウーッ

ま　まあききなさいっ　口があれば　かならず　だすところもなければならん　ださなければ　動物のからだはパンクしてしまう
口→排泄
だすことを排泄《はいせつ》というんだ
つまりウンチですね先生
そうだ　いや　うんこだけではなく　小便《しょうべん》もある
そのほかに　赤ん坊もださにゃならん
ヘソんとこですか？　はら破ってでてくるんですか？
そこんとこをはっきりいってくれよ先生
性殖器《せいしょくき》からだ
そんなこといったってわかんねえよ
よろしい　くわしく話そう
でべそ
へそ
動物は　ものをたべる　たべる部分を口という　……
ごまかすなよ先生！

下等な動物では
こういった いろいろ
なものをだすあなが
くっついて ひとつ
しかないのです
これを
総排泄腔《そうはいせつこう》と
いうとる
ところが
高等動物では
この三つの
あなが
それぞれ
わかれる
人間も
どうようで
あります
だから
その赤ん坊の
でるところは
どこなんだよ
おれはな
男のオチンチン
からも赤ん坊は
生まれるかって
ききたいんだ
やめてよ
焼野さん
あなた
エッチすぎる
わ!
バカじゃ
ない?
おれァ
まじめだッ
ムカーッ!

あの焼野の問題については もう二十六回もこの職員会議で話がでているのですぞ！
あんな子は転校させるべきだ教頭としてはがまんできません！
でも 先生 こんどのことはいつもの焼野とちょっとちがうようですが……
いつものケンカや暴力じゃないんですよ
あの子自身ひどくなやんでいることなんです
なやむのはいいわ
でもなやむにしても
あんまりトッピすぎますわ自分がニンシンしたなんて
おとなをからかっているとしか思えないわ

腹がすこしずつ大きくなっているとでも?
くいすぎじゃないのかね? ハハハハハ
教頭先生もうすこしようすをみましょう
なにかわけがあるんですよ
おい ヤケッパチききたいことがあるんだ
ビク

なぜ 逃げ腰になるんだ? なぜ 腹を ひっこめるんだ?
……
本気で赤ん坊が生まれると……
思いこんでるんか?
よーし つかまえてろよ いま おれが…
生まなくても すむように してやるぜ
キュッ キュッ

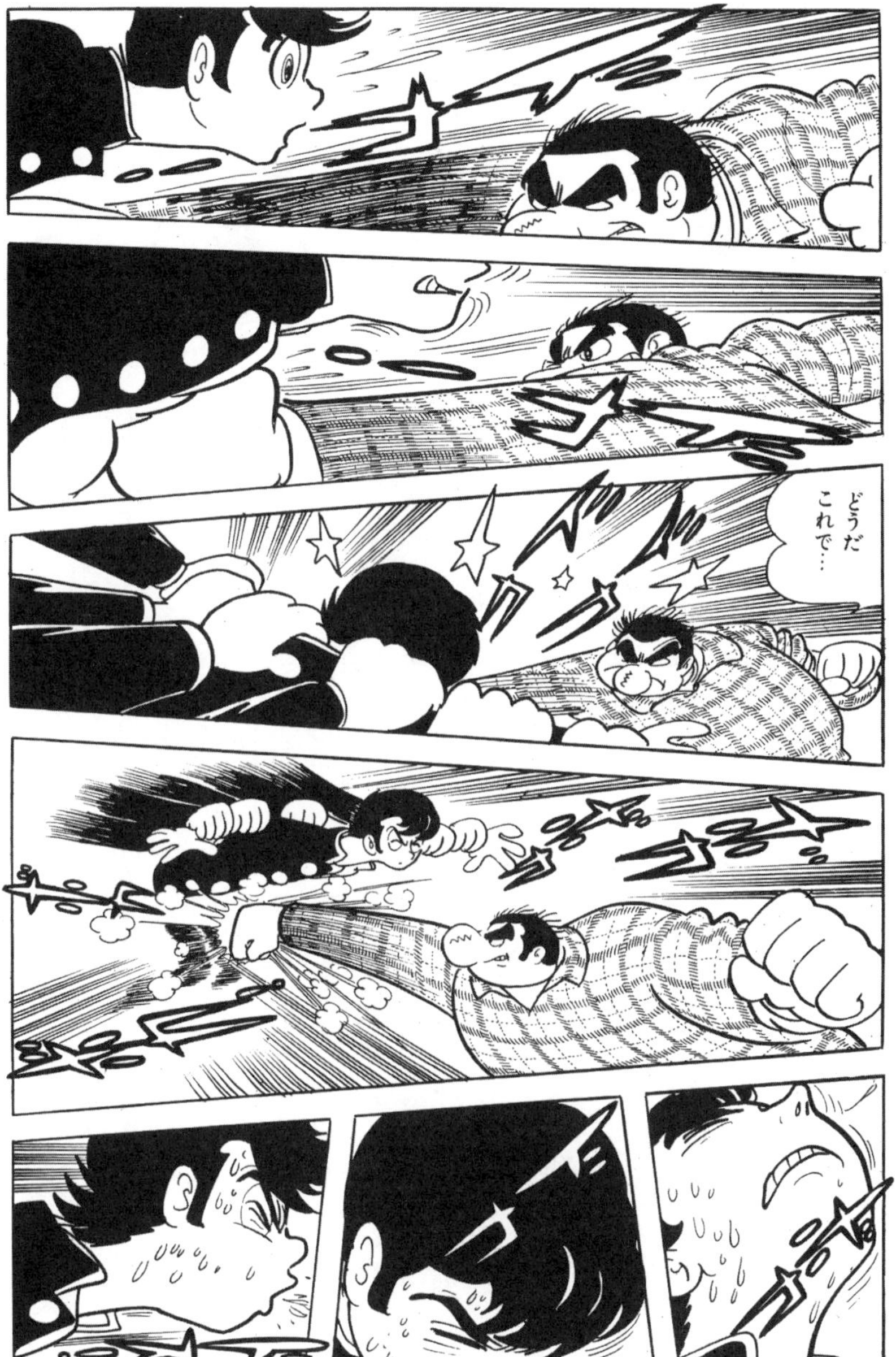
どうだ
これで…

ヨロ
ヨロヨロ
おれはおまえにさんざっぱら腹をたてさせられたぜ
おれたちにことわりもなく学校で番長風《ばんちょうかぜ》をふかしやがって……!
ゲヘ〜ッ
ゲッ
……………
ボ……ボスッ ボス ボスッ ヤケッパチを……みなよ!

しーらない
しーらないっと
ウ…ウ…ウ
グ…グ…
オェ〜ッ…
ム…ムゥ…ウ
けけ
けいれん
してるよ
死ぬかも
よ
生まれるんだ
う……うそつけっ
百年まったって
うまれるは……
お
おばけっ

ひ…ひ・と・だ・ま～～ッ

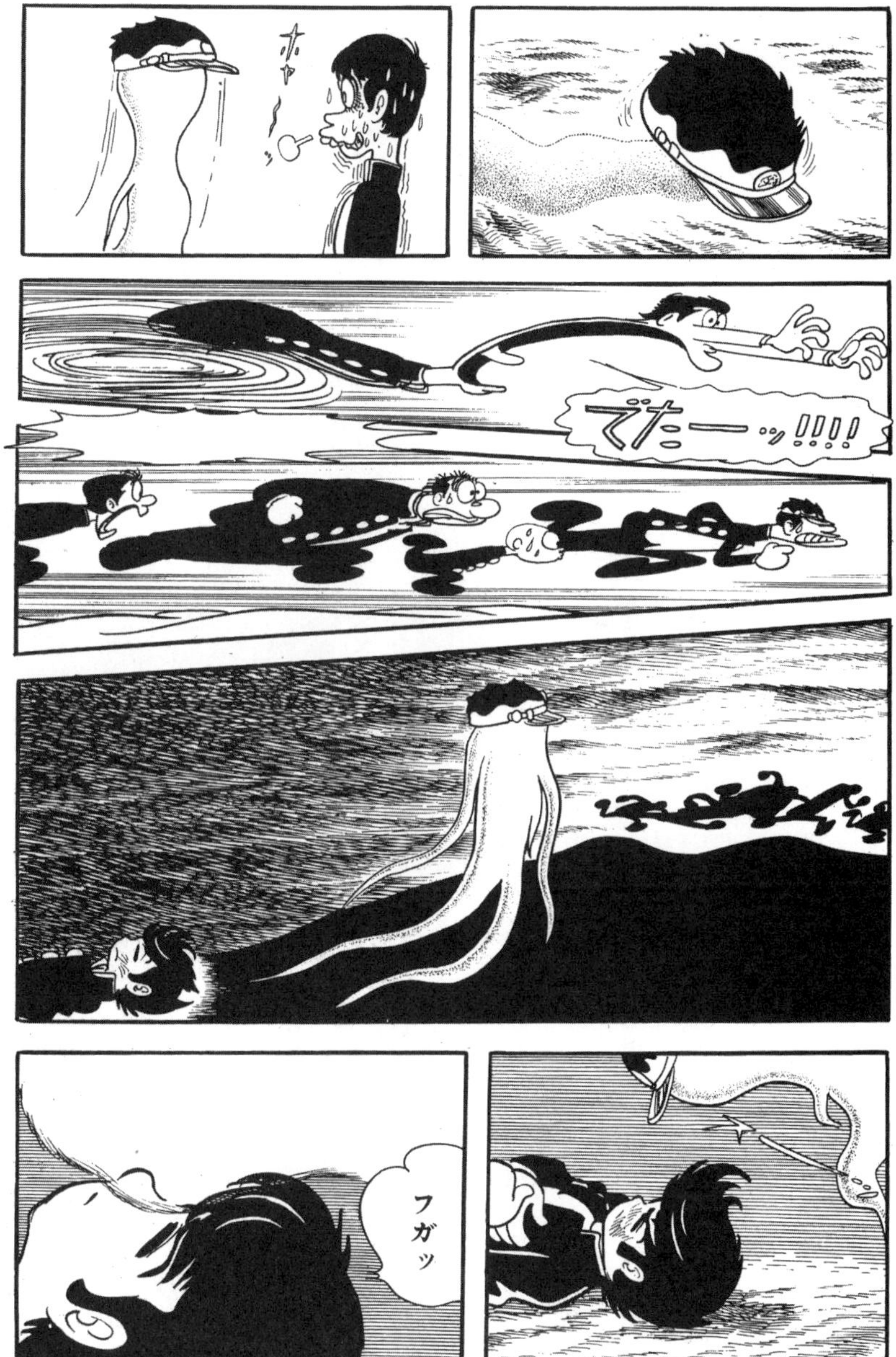
ホヤ〜ッ
でたーーッ!!!!
フガッ

うわっ ち ちかよるなっ しっ
パ……パ……アタシ……ウ……マ……レ……カラダガ……ホ……シ……イ……ノ……
おまえおれが生んだのかよ??

スーーッ
グ…
ガク…
う……
う……
う
うーーっ

あのヤローは母親に三つの時死にわかれましてな気性は荒らっぽいんで……
たしかにかわってますな
おとうさんは彼のニンシン騒ぎをごぞんじですか？
ニンシン？
そうですこのところヤケッパチくんは自分がニンシンしたといって大騒ぎしてるのです
あのヤロー帰ってきたらこっぴどく……

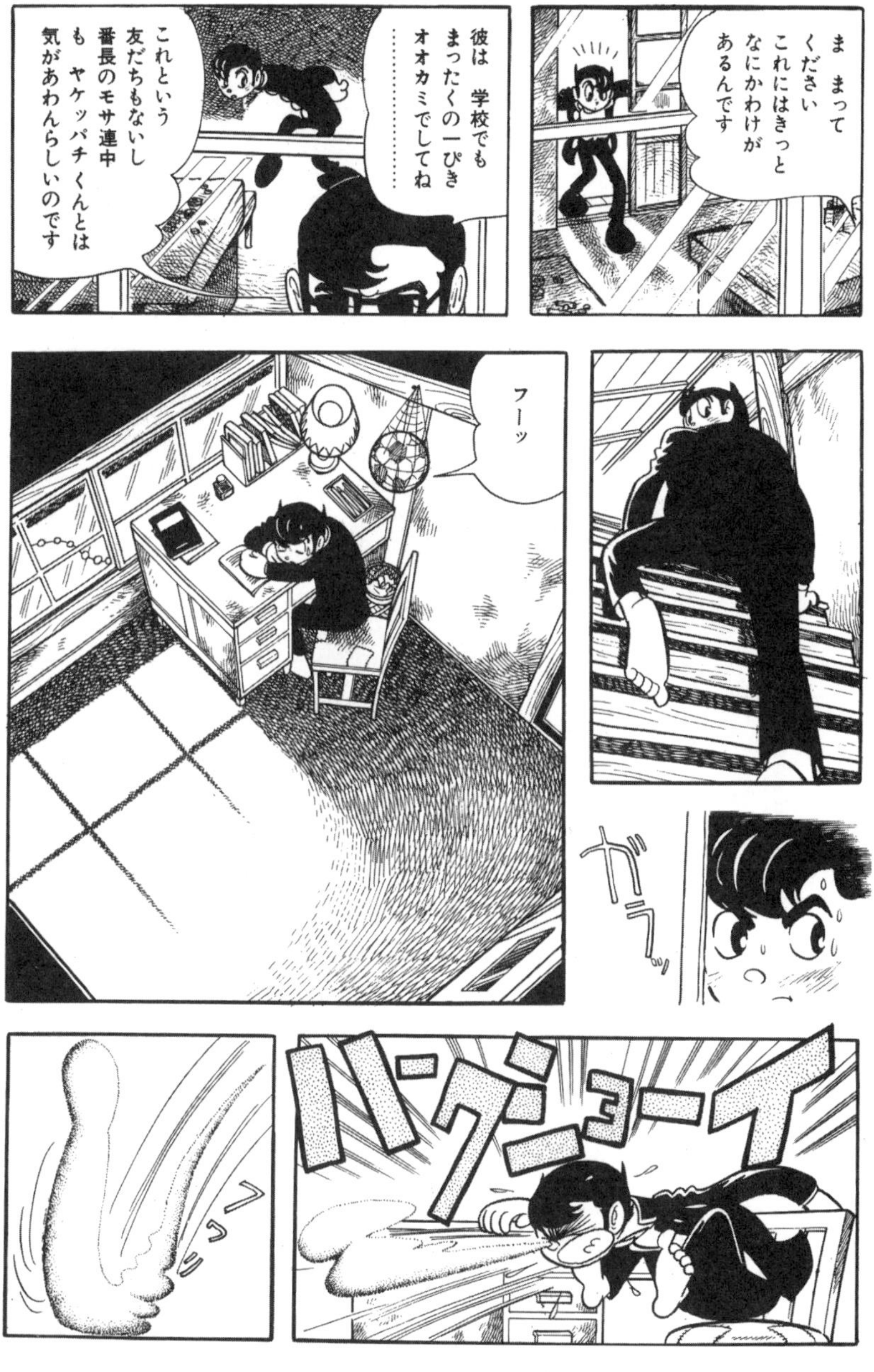
ま まって くださいこれにはきっと なにかわけが あるんです
彼は 学校でも まったくの一ぴき オオカミでしてね……
これという 友だちもないし 番長のモサ連中 も ヤケッパチくんとは 気があわんらしいのです
フーッ
ガラッ
ハークショーイ

ま　また　でやがった!!
おれは　もっと　まともな赤ん坊がうまれそうな気がしてたんだがなア
こんなもんがうまれるとはひでえや
ク…ク…ク…ク…
泣いてんのかよ笑ってんのかよオ
だい一おまえ男女どっちだよオ
オ…ン…ナ…ヨ…
カラダ……カ…ラ…ダ……カ…ラ……ダ…
わかってるよおれだって　せっかく生まれたのが　からだもなけりゃあつまんねえよ
ヤケッパチ!!帰ってるのか?
やいヤケッパチ!!

おめえ　また学校でなにか大騒ぎしでかしやがってっ
先生が来てるんだぞこのヤローあやまれ
なんであやまらなきゃいけねえんだ
ぜったいにいやだい！
このガキッ
くそっ

ボキ
ケッ いつもと ちがって 元気がねえぞっ

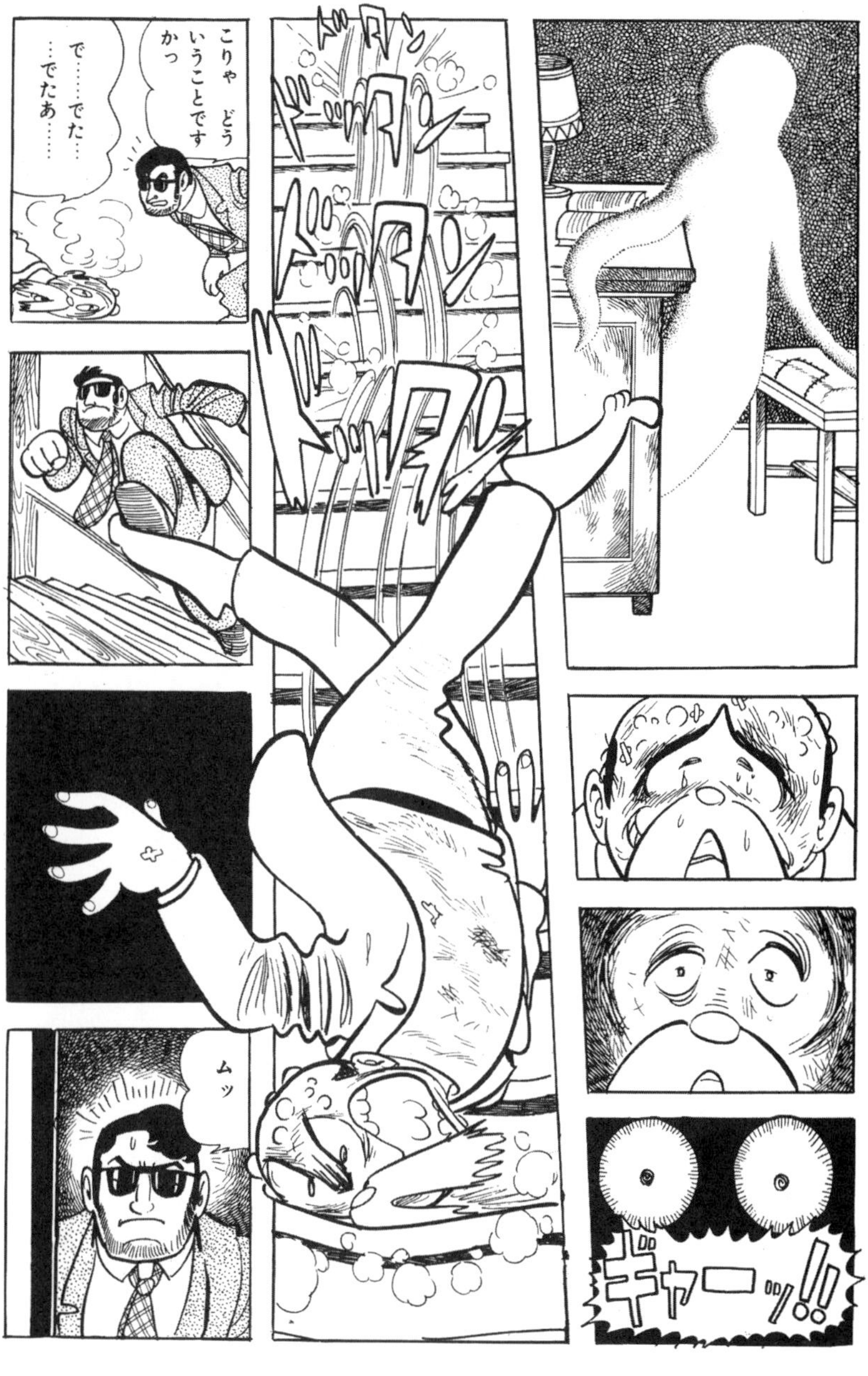
こりゃ どういうことですかっ
で……でた……でたあ……
ムッ
ギャーッ!!

第 2 章

エクトプラズム

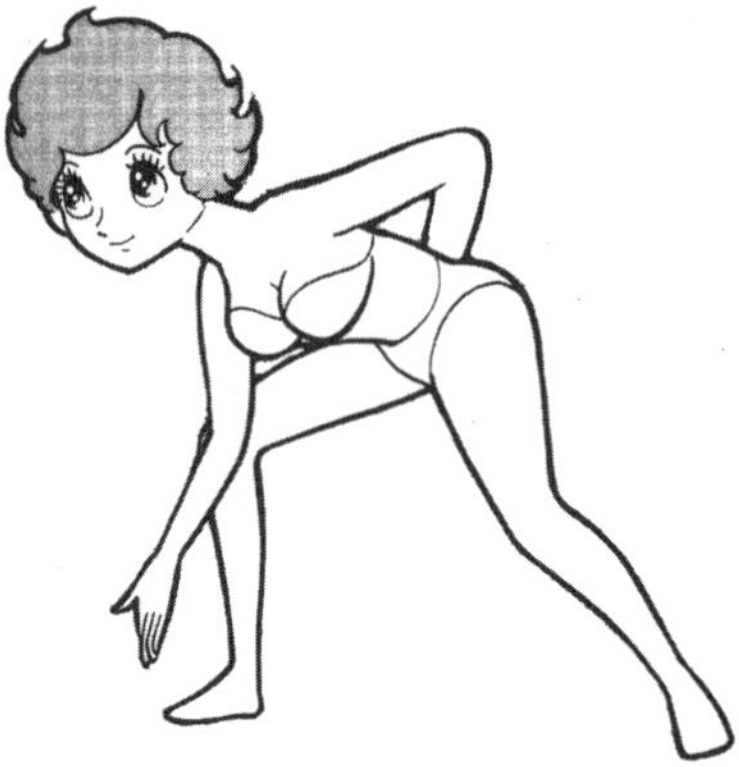

ウォーッホ
青山《あおやま》心霊学研究所
ウォーッホ
――
それはですのオ
つまり……
もしかしたら
エクトプラズムかも
しれませんのオ
エクトプラズム……
とは いったい
なんですか?
ひらったくいえば
生き霊《りょう》です
肉体
心
霊魂
ウォーッホ
つまり人間の
霊魂《れいこん》 つまり
タマシイの一部が
ぬけだしたものです

さあ きみ この大きな 体重計の上へ ねたまえ
ヤケッパチ ねるんだ
いいから ねろ
四十五キロか ウォーッホ
先生 よろしいかな この体重が きゅうに かわるかどうか よーく見て いなさい
レコード
さあ 心をしずめて……しずめて……心を統一して……
……集中して………
ウォーッホ
プッ
笑っちゃ いかん!!

そのウォーッホってのをやめてくれよ笑っちゃうな
だまってっ ふざけないでっ
先生 いま エクトプラズムが あれの体から でてきます すると ガクッと体重がへりますぞ
タマシイってのは重さがあるのですか?
あるのです だいたい 七グラムぐらいの重さです
人間が死んだしゅんかん七グラムほどからだがきゅうに軽くなることがわかっとる
これはですな霊魂が肉体からぬけたためですぞ つまり霊魂には質量があるのです
ウオーーッホ
ジロリ
ファ〜ア

でませんな
霊魂なら このしずかな ふんいきでは たいがいでる ものですぞ
もしこの少年に 霊媒《れいばい》的素質が あるならば……
でた!
おなら
このーッ いいかげんに したまえっ
幽霊をみたとか なんとかいっとるが なにかのみまち がいだろう もう 心霊実験は ウォーッホ 中止じゃ!
どうも どうも どうも せっかく 準備をして いただいたのに……
もオ こんなフマジメ な実験は したく ありませんからなッ
あなたがたは わしを 茶化《ちゃか》しに 来なすったんだ ……
ギョ

……で……でたぞ！
ウォーッ
正真正銘《しょうしんしょうめい》のエクトプラズムだっ………
こ……こ……
こりゃみごとだ
こんなはっきりしたのは今までみたことがない
ガバッ
ブー
フャー
ヒー

ボカ
フギーッ!!
いてててててて
ゴン
いてっ いてっ
アイチチチ
アーッチチチ
ボカ
ボカ
助けてーっ
人ごろしーっ
ウォーッホ

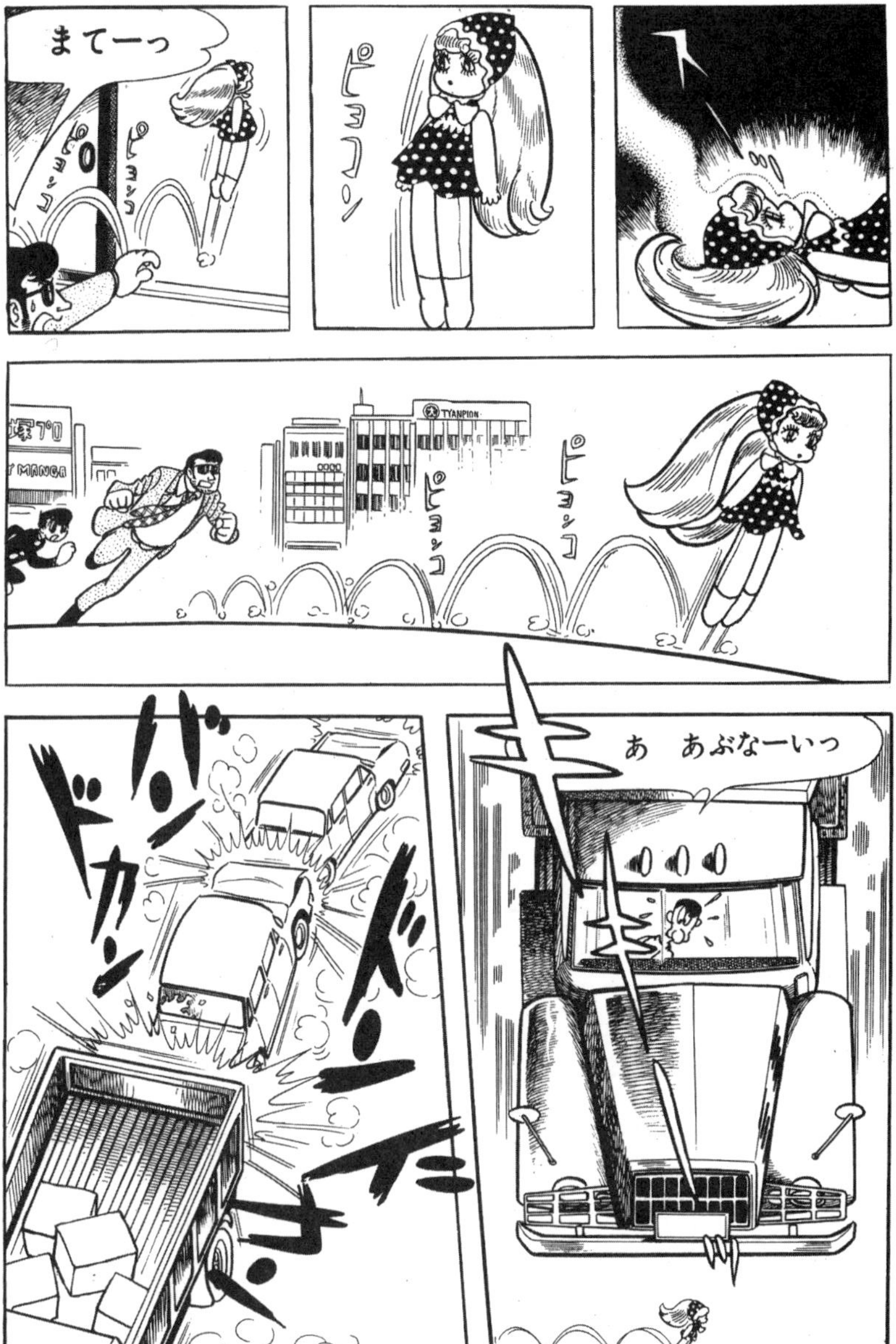
ピョコン
まてーっ
ピョコン
ピョコン
ピョコン
ピョコン
TYANPION
あ　あぶなーいっ

ワッショ
ワッショ
デモ!
人形
ボーナスだせ!
われわれは人形ではない!
会社は反省せよ
?
?
?
せよ
ピョンコ
人形が歩いてる!!
オバケッ
キャ〜
キャ〜
キャ〜
フギョ
こらっ 列をみださないでっ こらっ こらっ
だめーっ 列にもどってっ
ドス
ドス
ズバーッ

？
？
どういうわけっこれっ
とととめとめとめられりるれ
やったなっ
なんのうらみがあるんだっ
かってに動いたんだっ
このゲバ警官めっ
なにおっこの過激派っ

スーッ
バカ アホ マヌケ!!
はやく にげろっ
焼野工房
ビニール ポリエチレン加工
ハァ
ハァ
ハァ
ハァ

このヤロー
……どうする
こんなことに
なって……
ハァ
ハァ
ハァ
ハァ
どうしようも
ねえよ　もう
生まれちまっ
たんだから……
ケッ
また
でてきや
がった
このーッ
なにしや
がんだ!!
おとなげ
ない
やめな
さい!!
シャロージ

おとうさん お話があります
うちのガキは
わたしは いろいろ考えて みたのです なぜ ヤケッパチくんに
こういう現象がおきたのか…… これは マジメな意見です マンガではありません
マンガのくせに
彼は おかあさんの愛にうえていたのです 母性愛にね…… つまり 女のやさしさと なぐさめが必要だったのです
スケベーなヤローだッ
そういってはいけません…… ヤケッパチくんは心の中でつよくそれをのぞんでいた……
あなたが荒々しいので 彼は 無意識に自分の心の中に女をつくっていた そして 自分をなぐさめていたんです
おとうさん 彼はさみしかったんですよ

そして　その心の中の女を分身として自分の肉親としてそばにおきたかったのです
その結果ああいうことがおきて…………
あの女のようなものは……ヤケッパチくんの生んだ分身だと思います
…………
あいつそんなにさみしかったのかなあ……
父親にはわからないこともありますよ
………わるかった……
すまん…おれア…男らしくそだてたつもりだった……
わかってますよ
先生おれ　どうすりゃいいんで
あの分身に適当ないれものでもみつけてやってください
いれものってェと人形かい
おっ人形なら…
いいもんがあるぜ

ニヤー！！
こりゃアね
ダッチワイフ
ちゅうて
オトナの
オモチャでさ
こういうのを
ほしがるスケベー
ヤローがときどき
いるもんでね
うちで作るんだ
ビニールの
ウェルダー加工だがね
どうです　わりと
ていねいに作って
あるだろ
おいヤケッパチ
これをやらア
女のからだだぜ
こ…こんな
エッチな
もん
いらねえっ

とっとけって いってるんだ
いらねえよっ
親のいうことを きけ　このガキ
いらねーッ
このろくでなしッ ブッころしてやるッ
やったな この変態おやじ!!

第３章

うらめしやこんにちは

せっかく分身のために女のからだをくれてやってもかんじんの分身がのりうつってくれなきゃだめじゃござんせんか
ポカリ
やいこのガキさっさと分身をはきださねえか!!
なんでおれをなぐるんだ
このくそったれ親のいうこともろくすっぽきかねえでっ

またはじめたっ
おとうさん分身がヤケッパチくんからとびだすには………
ちゃんと儀式をしなきゃあいけません
儀式ってなんじゃい
霊媒《れいばい》(タマシイをよびだす人)の先生にたのんでよびだしてもらうんです
そのレイバイとかいう先生はどこにすんでるんで………
おれあむかえにいってくるっ
いやだーっわしはあんなデタラメなタマシイをよびだすのはまっぴら……
文句いわずにこいったら!!
いてーっしししつれいなっいいてっ
さあつれてきたぞはじめたはじめた

はじめねえと
ヒゲを一本一本
ぬいていくぞ
イーッポン
ブッ
ニ〜〜〜ホ〜〜〜ン
へ へやを
くらくして
……レコード
をかけて………
ムードをだす
んじゃ………
レコード
ありますか
おとうさん
おっ
ありますとも
レコードなら
とっておきが
あるんだ

ちょいと
でました
三角
ヤローが
四角
四面の
やぐらの
上でェ
おんど
とるとは
お〜〜それ
ながら
〜〜〜と
チャッ
チャッ
チャッピキピ
チャッ
チャッ
チャッピッ
ピーノ
ピーピー
ピーヒャラ
ピーヒャララ
チャ
ピキュ
チャッ
ピキ
ピ〜ヒャラ
ピ

どうもこんなレコードじゃないらしいべつのはありませんか
じゃあこれ
ワン
ワン
へへへへエ わしはチータのファンでしてね いいねエ……
ワンツー ワンツー
やすまないで あーるーけー
そんな そうぞうしいのじゃなしに もっとしずーかなクールなのをたのみますっ
これ うちのお寺で買わされたんだ
うん それがいい
き〜なし〜
こ〜のよ〜〜る〜〜ほ
ガリガリ
ガリガリ

き〜よし
こ〜〜のよるう
ほ
ガリガリガリ
き〜〜よし
こ〜〜のよるぅ
ほ
ガリガリガリガリ
こりゃあ 二十五年まえに 買ったレコード でしてなア
おとうさん でてきまし たよっ
でてきた でてきたっ うまく のりうつりま すように……
シッ しずかに してっ
き〜〜よし〜
こ〜〜のよるぅ
ほ
ガリガリ ガリ

ジャー!

こうしてエクトプラズムの少女はダッチワイフの体に宿り、「マリア」と名付けられる。マリアは人間として生活することになり、ヤケッパチの学校に転入する。暴れん坊のヤケッパチと、その性格を受けついだジャジャ馬少女マリアは、番長グループ「タテヨコの会」と対立してナンセンスでドタバタな学園ラブコメディを展開していく。本巻では、第一章の冒頭から第三章「うらめしやこんにちは」のマリア登場のシーンまでを転載させて頂いた。続きは単行本『やけっぱちのマリア』（秋田文庫）等で読むことができる。

空気人形

業田良家

プシュ
シュ
毎日、自分をふくらませている。

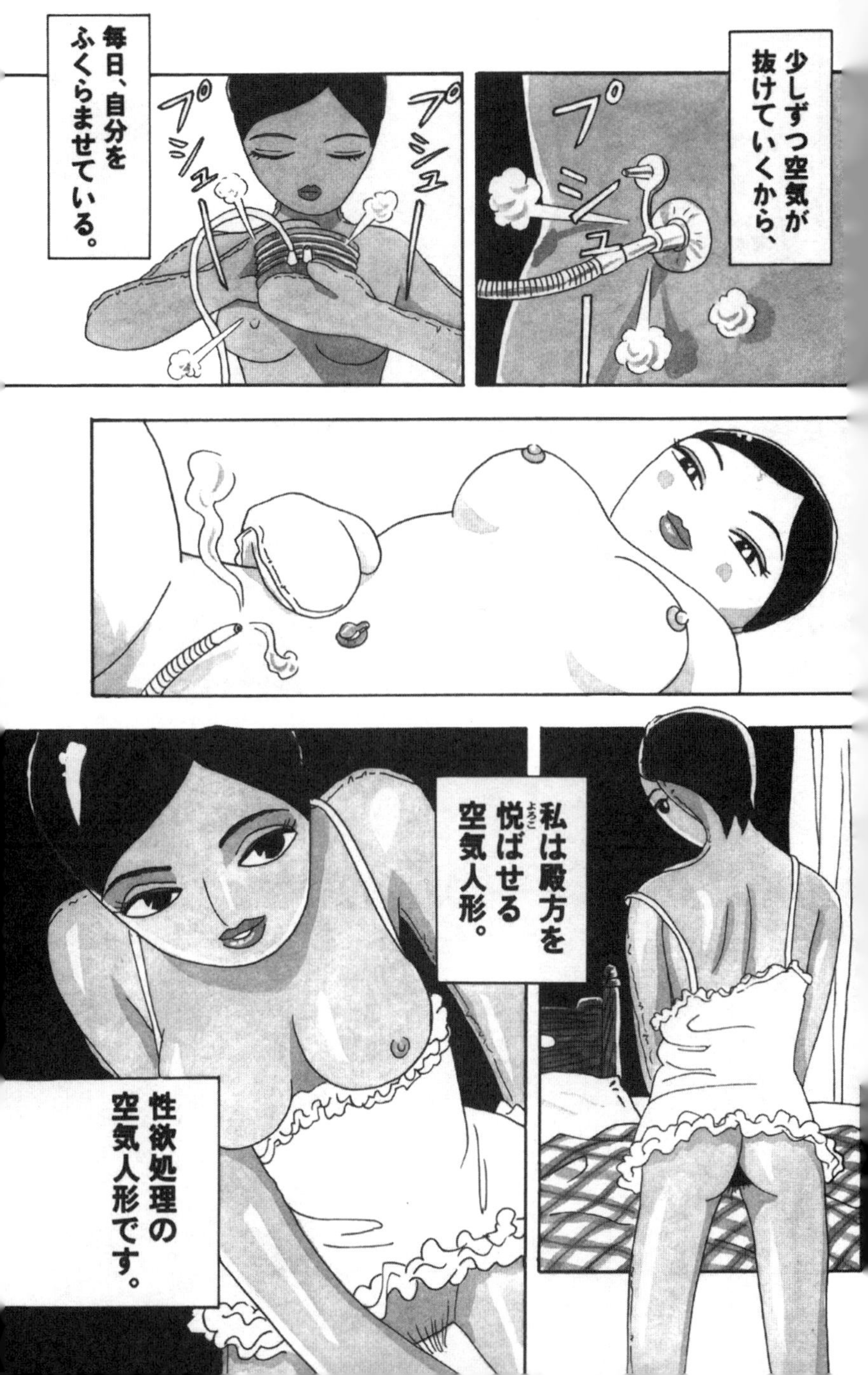
少しずつ空気が抜けていくから、
プシュー
毎日、自分をふくらませている。
プシュ
プシュ
私は殿方を悦《よろこ》ばせる空気人形。
性欲処理の空気人形です。

きれい…
あの おうちの人は、きっと心の きれいな人だ。

私は心を持ってしまった。
すい込まれそうな青空……
わんわん
うふふ。
キャン
中華
私は、持ってはいけない「心」を持ってしまったのだ。
龍
ラーメ
ドキッ

6

確カ……
同棲してる人、いるんだよな。
いえ。
ひとり……
えっ そうなの。
じゃあ今度、合コンやろうよ。
オレに純ちゃんの友達、紹介してくんない。
オレもヤローをたくさん連れてくるからさ。
近頃、女の子と知り合うチャンスもなかなかなくて。

ええ。
いいですよ……
ホント？
じゃあ来週な、絶対だよ。
はーい。
F夫君とは……私の片思いなのだ。
きゃっ。
ああっ。
ああ。

ガクッ
ボコ
あぁぁ
でもさア、純ちゃんが同棲してるってウワサ、どっから……
あれ？
純ちゃん。
じゅん……
いや……

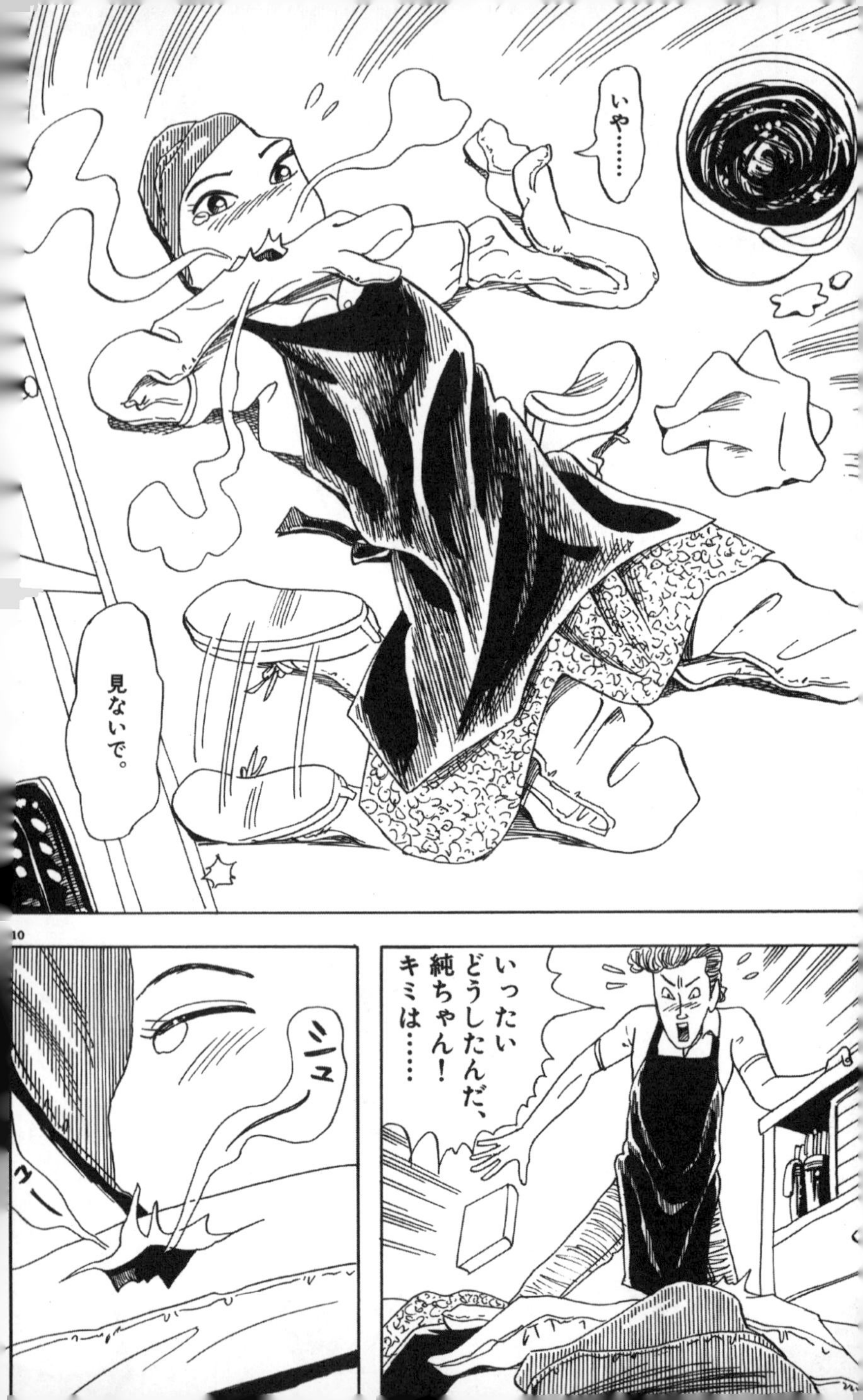

10

ビッ
待ってろ。すぐ助けてやるから。
どこだ。
どっから空気、入れるんだ。
バッ

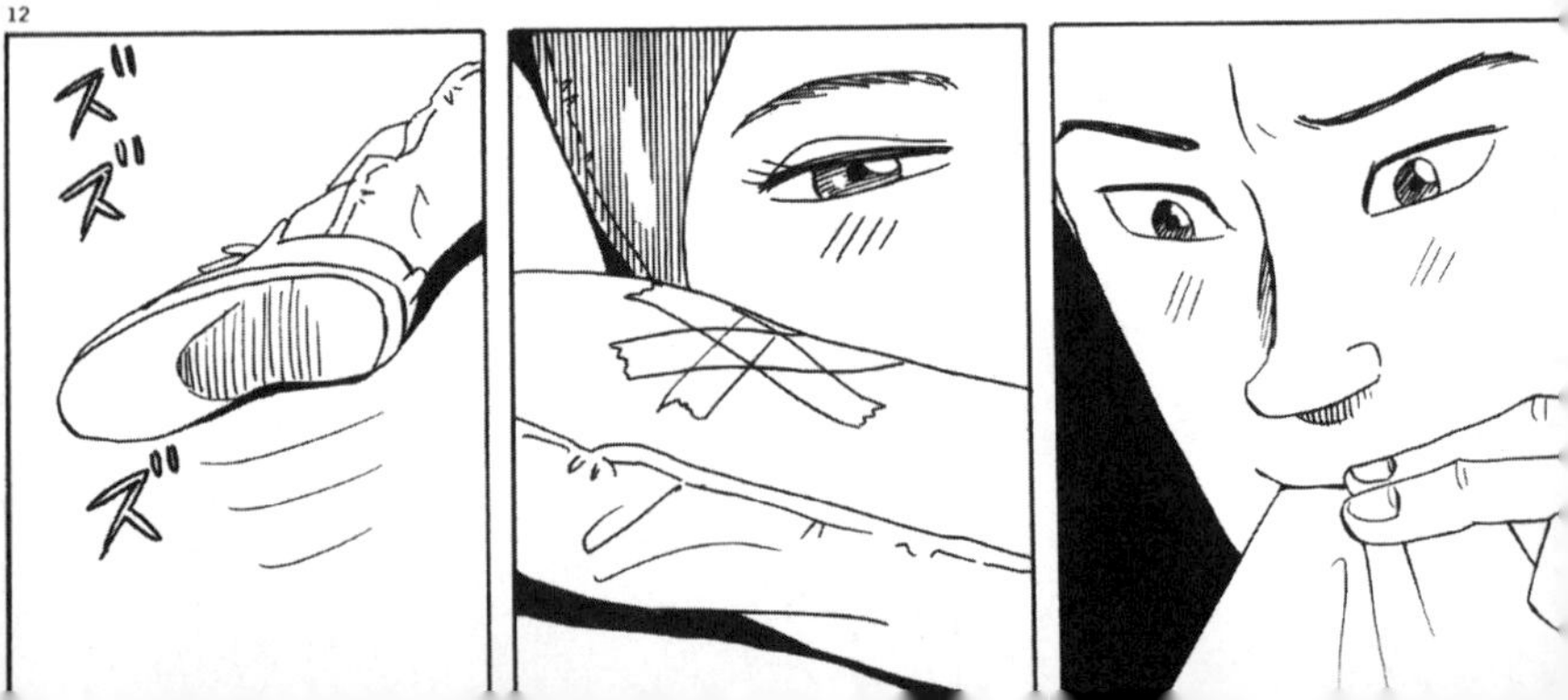
ズズ
ズ

ズズズズ
ふーー。
ふーー。
ズ
ズ
ズ
ふーー。
ふーー。
ふーー。
あ。

F夫君……
私を抱いて。
こ……こんな時に、冗談言うなよ。
ホラ、終わったよ。
………
いやーホント、さっきはびっくりしたぜ。
オレがやったの応急処置だと思うし、
今日はもう帰った方がいいよ。
店長には、オレからテキトーに言っとくからサ。
F夫君は、私が人形だってこと、だれにも言わないつもりなのだろう。

哀しくて嬉しい……
私の空っぽの体の中は、F夫君の息で満たされている。
もう二度と、自分でふくらませることはしないかもしれない。
それがたとえ、私が死ぬことであっても。
F夫君……

ドンッ
きゃっ。
うっ。
うっ。
美奈。
チッ
せつない。
せつない。
せつない。

心を持つことは、せつないことでした。
ポロ
ポロ
純、ただいまァ。
カチャ
ガチャ

どうした、純……
そんなとこ、破れていたっけ。
まあいい。
新型が届いてよかった。
こいつは何年も使ったし……
Nancy Call
でも、青空。
19

青空が、
すい込まれそうに
なるくらい
美しく感じるのは、
私が心を
持っているから。
――私が心を持っているから。

恋は恋――「たまさか人形堂物語」（抄）

津原泰水

祖母の形見の零細人形店「玉阪人形堂」を継いだ主人公の澪は、人形マニアの押しかけ従業員・冨永くんと、謎の職人・師村さん（シムさん）に助けられながら店を切り盛りしている。「諦めてしまっている人形も修理します」という広告をみて、傷ついた人形を連れた人々がこの店にやってくる。本作「恋は恋」は、三人と人形たちをめぐる『たまさか人形堂物語』（文春文庫）の第二話にあたる。澪が人形堂を継いで約三年が経って三十代なかば、新卒で人形堂へ飛び込んできた冨永くんは二十代なかば、師村さんは中年の男性という設定である。

お客さんだと思った。

二階で昼食をとりおえた私が店に下りると、番を頼んでいた師村《しむら》さんは店先におらず、代わりに無断遅刻していた冨永くんと、収納を兼ねたベンチには制服を着た女学生の姿があった。中学生にしても小柄な少女だ。

「いらっしゃいませ」居眠りでもしているのか、しどけなく壁に背中を預けているその子に、私は小声で挨拶をした。

冨永《とみなが》くんが立ち上がり、「麗美《れいみ》、うちの店主だよ」

女学生はまったく反応しない。黒髪の下に透き通るほど白い頬が覗いている。たいそう綺麗な女の子だ。

冨永くんはいっそう笑いながら、「なにか云ってる。澪《みお》さん、近づいて聞いてあげて」

「え」と、近づいて顔を覗きこむまでわからなかった。そうも見事に錯覚したのは初めてだったから、気づいた瞬間、はっと後しざった。

「聞えた？　お客じゃないわよって」

「マネキン？」

「観賞用かって意味だったら、答はノーです。撫でられ、揉まれ、接吻を受けて可愛がられるのが、彼女の本来の仕事」

「ダ――」

人形全般、分け隔てなく扱うと決めている以上、いつかこの日が来るという予感はいだいていたけれど、それにしても意表をつかれた。なにより、彼女の見目に。

ダッチワイフのなんたるかを、私はじつは大学の講義で習った。インドネシアには、長い筒状の籠を抱いて眠り、涼をとる習慣がある。日本では竹夫人《ちくふじん》と呼ばれて、これは俳句の季語にもなっている。

一九四九年に主権を譲られるまで、インドネシアはオランダ領だった。竹夫人を抱く習慣は在留のオランダ人にも伝播し、ここにオランダ人の妻《ダッチワイフ》という呼称が生じた——そんな説があるとか。

「南極一号って、あったわよね」

「南極越冬隊のね。ほぼ都市伝説と化していますが、隊員も証言している以上、そんなふうな物が運び込まれたのは事実でしょう。でも昭和三十年代の技術だから、FRP製のマネキンの、腰部にだけ細工したような代物だったと思いますよ」

「浮輪みたく膨らませるんじゃなくて?」

「ダッコちゃんみたいな? ああ、子供のころ空き地に捨てられてるのを見たなあ」冨永くんはおぞましげな表情で、「雨で固まった鬘《かつら》が剝がれかけてて、物凄く怖かった。あの種の商品はさすがにジョークだと思いたいんだけど、アニメ顔に進化を遂げたりして、ちゃんと生き残っているようです。収納性からか今もそれなりのニーズがあると見えます。ずっと高度な、ラテックスや発泡ウレタンやソフトヴィニルの商品だったら、学生のころメイカーのショウルームでじっくりと見学しました。人形としての完成度はこの麗美に及びませんが、一種独特な迫力があったな」

この種の高級品は、通常、ラヴドールと呼ばれているという。

私は眉をひそめながら、「何でできてるの。ゴム?」

「表皮はシリコンゴムですね。無数のジョイントを介した骨組みを、でっかい鯛焼き器みたいなのに入れて、液状のをとろとろと流し込むらしいです。云うのは簡単だけど大変な技術で、一般化したのはここ数年のことです。この麗美の場合、ジョイントは指にまで入っていて、物を持たせておくことも可能。ヘッドとの境界以外にシリコンの継ぎ目はありませんから、お望みとあらば一緒に入浴だって」

いやだ、と洩らす。目の前のいたいけない少女が男性の手に弄ばれているさまを、ついリアルに想像してしまった。

生きているよう、と称される人形を幾つも目にしてきた。しかしそこに在るのはあくまで人形としての端整さであり精緻さであり、むしろ人形師の作りこみが細かいほどに、人形は静寂につつまれる。時間が停まる。

幕末から明治にかけて評判をよんだ、活人形と呼ばれる一系譜がある。評判といっても見世物としてで、美術品とは看做されなかったため、現存物は少ない。私も一体、博物館の企画展で見たことがあるきりだ。

等身大の若武者——生まれて初めて武士を見た、と思った。そんな息がつまるほどのリアリティを湛えていたけれど、彼の時間もやはり停まっていた。古い一瞬が、誤って引き延ばされてきたような趣だった。

あらためて観察すれば、麗美、と冨永くんが呼ぶこの人形は、必ずしもリアルではない。脚の脇には、表皮を成型したときのバリの痕跡だろう、ストッキングのシームに似た線が見える。

はじめやけに小柄に見えたのは、きっと取り扱いの都合や、圧迫感を薄れさすため、等身大の九割程度に抑えられているからだ。そういうサイズに、男性にとって理想的な女性像――清楚で、乱れがなく、邪気も、また分別も感じさせない――が凝縮されているさまは、冷静に見てみれば不自然きわまりない。いろんな女性に似せようとして、結果、人間界には実在しない造形になってしまっている。

それでいて、どうしてだろう、この人形の時間は、私の目に、停まっているふうには映らない。いたいけないと感じるのは、いつの日か彼女に成熟がおとずれるような予感があるからだ――実際には、このまま古び、型くずれし、壊れていくだけであろうに。

まるで人間の側にいて、私たちと同じ時を共有しているようだ。所有者との関係を想像してしまったがゆえの、錯覚だろうか。

「澪さん、ちょっと台に乗せるの手伝って」冨永くんが病人を抱え起こすように、腕で人形の背を支える。

「独りで運べない？」

「シリコンって重くてね、これで三十キロもあるんですよ。僕、見たとおり非力なんですから。途中で落としたらどうするの、七十万もするのに」

「七十――量産品で？」

「とうてい量産とは云えないですね。キャプチュアっていうメイカーですけど、きっと二、三人の零細企業だろうから、そう――年間四、五十体も作れたらいいほうじゃないですか」

こわごわ、脚に触れた。冷たく、意外にさらりとした触感だった。

表情を読んだ冨永くんが、「シリコンはべたつくんで、ベビーパウダーを塗ってあります。それがまた滑りそうで」

移動を始める。本当に重い。「修理品？　冨永くん、こんなのも修理できるの」

「いえ、いちおう不具合も診てくれとは云われてるけど、基本的に預かってるだけ。大学時代の友達が、しばらく部屋に母親が来るからって」

「やっぱり親には見せられないんだ」

「人間の彼女だって隠すでしょう、親には」

作業台の上で、麗美は不恰好に膝を持ち上げている。冨永くんはスカートをいっそう捲《めく》って、下着を脱がせはじめた。

「ちょっと、なにしてんの」と思わず発してから、また錯覚を起こしかけていた自分に気づく。なにをしているって、人形屋が人形を診ているのだ。

「こういうゴム系の素材って、皺の寄る部位が裂けやすいんです」冨永くんは人形の股間に手を差し入れた。わかってはいても絵として生々しい。「ここか。難しいなあ。僕が修理してもまた裂けるんじゃないかな」

「あの」

「はい」

「その部分って――」

「今はそこそこリアルな造形の、いわば蓋が塡《はま》っています。見ます？」

私はすこし悩んで、「そのうち」

「たとえば僕がこの子とセックスしたい場合は、この部分に別素材の疑似性器を押し込み、潤滑剤で潤すわけです」

「たとえば僕が、とか云うな」

「なんで」

「冨永くん、そういう趣味が？」

「ううん、だって友達の彼女だもん。でも友達も、もっぱら写真のモデルに使ってるって。カメラが趣味なんです。いや一度や二度は試したかも。麗美ちゃん、もうちょっと広げるね」

患部をよく見ようと、脚の間に頭を突っ込む。

「それ工房に運ばない？　外から見られたら、なんて思われるか」

「看板に人形堂って書いてあるんだから大丈夫ですよ。じつは最初、奥に運んだんだけど、シムさんに迷惑がられちゃって。人形の素性を聞かされたせいか、どうも落ち着かないって」

ベテランの師村さんにしてそうなのかと、やや安堵した。

「これは――メイカーに連絡したほうがいいかも」冨永くんは頭をあげて、「その友達がね、べつに普通の奴なんですけど、この麗美に関しては面白いんです。直ればもちろん嬉しいけれど、このまま直らなくても、たとえすっかり崩壊しても、このタイプのドールを所有してるって誇りがあるから平気なんだって。真新しい、未来の人形文化をサポートしてるって意識が強いみたい」

これが人形の未来？　未来の人形がこれ？

窓越しの陽を浴びて輝く、あどけない横顔を見つめながら、私はこれまでどんな人形からも得たことのない、名状しがたい感覚につつまれていた。

翌日、麗美の所有者、高峯《たかみね》くんが店に立ち寄った。今風の背広をきれいに着こなしたサラリーマンで、私が想像していたタイプとはまるきり違っていた。

年齢は別にして、面差しや口調が誰かに似ていると思い、記憶を検索してみれば、それは私の広告代理店時代の上司だった。不思議なほど自信に満ち、部下にはすこし冷たく、長期的な方針のことで取締役と対立するや、さっさと辞表を提出して会社を去っていった人だ。おそろしく冗談の通じない人物でもあった。

この高峯くんも、同様の生真面目な喋り方をする。メイカーと連絡をとりたがる冨永くんに対し、最初、強く抵抗をしめした。「俺の管理の問題でもあるのに、キャプチュアさんの手を煩わせるのもな。だいいちあそこはものすごく忙しいから、預けたら何个月《か》も戻ってこないだろう」

「放っとくと、なにかあるごとに裂傷が広がるよ。それから私見だけどね、腋も遠からずああなる。歴史のない人形は概してさ、それにベストな素材が使われてるとは限らない。ベストな造形とも」

「造形に不満はないよ」

「ヘッドやディテールのことじゃなくて――なにしろ可動部の多い人形だから、ある意味でロボットの設計に近いんだと思う。今はきっと善後策も検討されてるよ。それをいちおう尋ねてみたいと思ってさ」

そこに電話が入った。相手は、冨永くんが再生させたレジンキャスト――無発泡のウレタン樹脂――製、球体関節人形の持ち主だった。

なかなかに高価な人形らしい。しかしフリーマーケットで入手したとのことで、汚れがひどかった。冨永くんはパーツごとにばらばらにして、丹念に紙やすりをかけ、エアブラシなど駆使して新しいメイキャップを施したのち、全体をコーティングしていた。

ウィグの毛が減っているようだ、と持ち主は云う。錯覚にもとづくクレームと思われた。依頼されなかったので手をつけなかった部分が、相対的に貧相に見えはじめたのだろう。

冨永くんが自分の顔を指している。通話口を指でふさいで、「喧嘩しないでよ」

電話機を渡した。もしもし、どうもその節は――という陽気な作り声で応じている。芝居じみたさまを友人に見られたくないのか、流し台のほうに歩いていった。

「ご迷惑じゃないですか」と高峯くんが私に問う。「冨永がむしろ歓迎だと云うんで、鵜呑みにして預けてしまっていますが」

「いえ、まあ」なんだか上司と喋っているようで、妙に緊張した。「びっくりするお客さんもいらっしゃるでしょうけど」

私の曖昧な口ぶりは、誤解をまねいたようだ。高峯くんはほっとしたような笑顔で、

「可愛いでしょう」

いや、確かに可愛いのだが——。「どういうきっかけで好きになられたんですか。こういう、その」

「学生のときウェブサイトで画像を見て、一目惚れです。一年越しでアルバイトして金を貯めて、そのときにはもう予約が一杯だったんですが、代金を払いきれずキャンセルした人がいたお蔭で、手に入りました。幸運でしたよ。彼女もすごく喜んでくれて」

「彼女、いるの」

私もぽかんとした顔だったに違いないが、問われた高峯くんもぽかりと口を開いた。やがて、「今も付き合っていますよ。彼女の賛成があったから踏み切れたんです。浮気されたり、女性のいる店に通われるよりずっといいって」

「そうですか。なんていうか——失礼しました」

「いえ、お気になさらず。生身の女性に縁のない男のための、代用品に過ぎないと誤解なさる人は少なくありません。本当はそうでもないんですよ」

話題に困り、カメラが趣味だというのを思い出して使っている機種を尋ねたりしたが、なにぶん私が詳しくないのでまったく会話がはずまない。沈黙が重くなってきた頃、ようやく冨永くんが奥から戻ってきた。

「うまく説明できた?」

彼は頷き、「交換用のウィッグを製作するってことで手打ちです。代金はがっちりと頂きます」

「できるの」

「もちろん。同じタイプのを何体もフル・カスタマイズしてきました。いま髪が薄く見えてる原因は、汚れと硬化でふわふわじゃなくなってるからですよ。人間と同じ。僕も気になってたんだけど、特殊な色のロングヘアで代替品が見つからないから、これには触るなって云うんだもん。そっちも洗浄してリンスしますけど、どうも相当なロングヘア好きのようなんで、もっと長いの、ご希望の色でつくりましょうかって云ったら喜んじゃって」

「冨永」高峯くんがネクタイの結び目を上げ、上着の釦を掛けなおす。「時間だ。そろそろ行くよ。キャプチュアへの連絡だけど、職人としての興味で、とおまえが云うんだったら、そこいらのことは一切任せる」

「わかった。お母さんは?」

「しばらく居坐りそうだな。こっちで桜を見たいって」と彼は笑い、麗美に向き合ってその肩を抱いた。頰を寄せ、なにか囁きかけてからドアに向かった。まるで外国映画の男優のようなふるまいで、しかも違和感がなかった。


冨永くんはメイカーに電話をかけた。

乱暴な応対をされているようで、ときどき声が大きくなる。私は奥でお湯を沸かし珈琲を淹れていたのだが、無責任、という単語がはっきりと聞えてきた。

「まったく」通話を切った冨永くんが、私の顔を見て吐息する。「これほどの造形をする人だからって、勝手な期待をいだいた僕も悪いんだけど」

「向こう、なんて?」

「付属の補修キットで好きにやれと。たとえ持ってこられても、いつ診られるか、そもそも直せるという保証すらできないって」

「高価な人形なのに。じゃあ冨永くんが直す?」

「そう啖呵きればよかったな。メイカーとして無責任だって責めてたら、じゃあそのうち顔を出すからって。でもいつになるんだか」創造主から顧みられなかった麗美を不憫に思ってか、彼はベンチに近づき、その肩を撫で、「君にはなんの罪もない。――あ、高峯のやつ、この子の着替え置いてかなかった。云っといたのに。澪さん、パンツの買い置きないですか」

「仮にあったとして、まさかそれを人形に提供しろと？」

「だって可哀相じゃないですか。きのう脱がしてたとき、うっかり床に落としちゃったんですよ。店の床に落ちたパンツ、澪さん穿いてられますか。でも澪さんのパンツじゃ麗美にはでかすぎるか」

「悪うござんしたね。この子に合わせようと思ったら子供服だと思うわ。小学校高学年くらい」

「ちょっと僕、買ってきます」

啞然としている私を尻目に、冨永くんは出掛けてしまった。

程なくして、近くの女子校の生徒三人組ががやがやと入ってきた。なにを買うでも修理を頼んでくるでもなく、ただ冨永くんとの会話を目当てに、このところ三日にあげず現れる。店頭に私の姿しか見当たらないことに、揃いも揃って露骨に肩を落としたが、麗美に気づくやまた喧しくなった。

ひとりが、変に詳しかった。「これ、キャプチュアのラヴドールですよね。まえから本物を見たかったんです」

可愛い、可愛い、と口々に云う。騒ぎたてる。そりゃあ可愛いでしょうよ、可愛く造形してあるんだもの。

少々意地悪な気持ちになった私は、彼女らを見回し、「もし自分の彼氏の部屋にこれがあったら、どう？」

メイカーを云い当てた子は、けらけら笑いながら、「微妙」

別の子が、「逆に楽しくない？」

いつもいちばんおとなしいひとりは、しばらく考えてから、「その人を好きだったら、受け容れられると思う」

その人、と彼女が云ったとき、冨永くんを想定していると感じた。彼の所持品じゃないと教えて安心させるのも、彼の物だと嘘をついて覚悟をかためさせるのもなんだか癪なので、以後は忙しいふりをして黙っていた。

三人と入れ替わりに、今度は豆腐店のご隠居が回覧板の原稿を持って現れた。店の切り盛りは息子夫婦に任せて、もっぱら商店会の仕切りに夢中でいる。かつて、回覧板を作るためにパソコンやプリンターを購入したものの、操作が儘ならないとこぼしているのを見兼ね、打ってさしあげましょうかと申し出たのが運の尽き、文章の入力とレイアウトは私の仕事だと思いこんでしまった。

その代わり、澪さんは忙しいから、と奉仕活動を免除するよう仕向けてくれるので文句も云えない。店を受け継いだ当初は、若いからと、集会所の掃除、防災訓練の準備と片付け、福引の番、忘年会の給仕――なんにでも呼び出されて働かされたものだ。

「澪さん、ちょっとこれ書いたんだけど、二、三日中にさ――あ、接客中？」とやはり勘違いした。

「預かり物ですから、気にしないでください」

「親戚の子？　こんにちは。お嬢ちゃん、雁もどきは好きかい」幼児をあやすように麗美の顔を覗きこみ、うわ、と叫んだ。「人形かよ。びっくりさせんなって」

「人形屋だもの」

「こんなでかいんじゃ間違いもするさ。これマネキン？」

「そういう使い方もできそうだけど、本来は、その、男性が――」と、しどろもどろに始めた説明は、

「ダッチワイフ？」とすぐさま遮られた。師村さんが工房の暖簾を分けて顔を出したほどの大声だった。「ひええ、こんな別嬪さんがねえ」

　腰をこごめ、信心ぶかい人がありがたい仏像を前にしたような、合掌せんばかりの神妙さで麗美を見上げて――いたかと思ったら、くるりと振り返り、

「いくらすんの」

「売り物じゃないの。預かってるだけなんです」

「だから、もし買えばさ」

「七十万って聞きましたけど」

　白髪頭との対比でやけに黒々として見える眉毛が、大きく上下した。しかし愕きの表情ではなかった。

「今、なんとか買える、と思ったでしょう」

「莫迦抜かすない。だいいちどうやって婆さんの目から隠すっていうんだよ、こんな大きな――」

「明らかに可能性を模索してるじゃないですか」

「触ると柔らかそうな感じだね。ちょっといいかな」

「だめです。預かり物なの！」

この人形を預かっているかぎり、こんな茶番を繰り返さねばならないのだろうか。神経が磨り減ってしまいそう。みずから地雷を踏むように茶番を招いてしまう、私の性格も問題なのだが。

それから二時間もして、ようやく冨永くんが店に戻ってきた――ファンシィな子供服が、ぎっしりと詰まった紙袋を提げて。

戦利品を誇るように、中身を作業台に並べはじめる。「子供服って意外に高いんだね。びっくり。でもほら、これなんかおとなの服じゃありえない配色。ちょっと興奮しちゃった」

「そんなに――どこまで行って買ってきたの」

「渋谷のデパートですけど」

私は唖然となって、「子供用の下着くらい、駅前のスーパーの二階で済むじゃないの」

「あ、あの上って衣料品売場なんだ。知らなかった」

「スーパーに二階があったら普通はそうなの」

「普通は輸入食材とかでしょう?」

失礼しました。スーパーの定義の、摺合せから入るべきでした。

麗美に対してお客が騒ぐほどに、なにより冨永くんが可愛がるほどに、私はこの巨大なシリコン人形に嫌気がさした。

冨永くんは本当にユニークな青年で、きわめて知的、冷静でありながら、ときおり情緒欠陥かと思うばかりの、子供っぽい残酷性を発揮する。私がベンチから顔を背け、麗美を視界におかないようにしているのを発見するや、本来私に投げかけるはずの述懐や問いを、彼女に対して発するようになった。

「今日は気温が低い。麗美、寒くない?」

「麗美、FMつけるよ。うるさかったら云って」

「昼はなに食おうかな。麗美、苦手な食べものってある?」あるか!

挙げ句、「あ、ごめん、仕事に熱中していて聞えてなかった。ん?──わかったわかった。次の休日にね」

うちは修理屋であって、人形のホテルではないのだ。高峯くんが気遣いを覗かせた際、きっぱり突き返さなかったことを私は悔いていた。ゆえに冨永くんの電話から十日も経って、やっとメイカーの人間が店に現れたときは、うまくしたら引き取ってくれるのではないかと期待がふくらんだ。

束前《つかまえ》さんといった。つかまえ——あ、だからCAPTUREか。

歳は、私のすこし上といったところか。汚れても丸洗いできそうな実務的な服装は、師村さんと同様に職人然としていて好感がもてたが、分厚い眼鏡を掛けた陰鬱な顔つきの人物で、第一印象は芳しくなかった。

手際よく麗美の衣服を脱がし、状態を確認する。立ち上がり振り返って云った彼の言葉に、私たちは愕いた。

「この型は失敗作なんだ。ボディの基本姿勢を誤った。足をぴったり閉じさせて置きっぱなしにして、そのあと無理な体位で抱いたりすると、どうしてもね——。誰が補修しても同じだよ。根本的な解決にはならない」

「ずいぶん無責任な」冨永くんが敵意をむきだしにする。

「ヘッドだけ活かして新しいタイプのボディに換える方法も、ないじゃあないけど？　ちなみに安くはないよ。それに次のロットまで待ってもらうことになるし、ヘッドと色の差が出るかも」

「メイカーとして責任は感じないんですか」

「なんだい、喧嘩売ってんの？　責任を感じたから新しいタイプを開発したんだが」

「そんなに古い製品じゃないでしょう。欠陥を認めてるなら、少なくとも回収と交換を申し出るのが筋じゃ？」

「新しいタイプにだって開発コストも原価もかかってる。無料で配ったりしてたら俺も社員も飢え死にだ」

「ユーザーに申し訳なくないんですか」

「だからさ、申し訳ないから新型を創った」

「ユーザーにそれをまた買えと?」

「ビスクドールが割れたら製造元は無償交換してくれるのかな。ビスクにもシリコンにもリスクはある。ユーザーにはそれを承知で購入してもらうほかない」

「限度問題でしょう」

「その通り。だからぎりぎりのところでやってて、俺も社員も貧乏暇なしだ。こういうシリコン人形は、製品としちゃまだ胎児なんだ。国内じゃわずか数年の歴史しかない。みな試行錯誤しながら創ってるんだよ。苦心して原型を創り、その型を取り、その型を取り、またその型を取る。骨組の軽量化だって工夫と失敗の連続だ。それを人体と同様に配して、入手しうる最上のシリコンをぴったりと流し込む。細心の注意が必要だ。君も人形屋の端くれだったら、そういった手間隙、原価、設備投資くらいは想像がつくだろう。ましてやシリコンは修正がきかない。硬質人形と違って、まずいところを削るわけにはいかない。造形上の制約も多い。その原型を創出する苦労から考えてくれ。下手すりゃ何年もかかるんだ。その成果を、無料で配れと君は云うのか」

荒々しいまでの語気に驚いたらしい師村さんが、工房から顔を出し、束前さんに頭をさげた。冨永くんは目を泳がせて言葉をさがしている。やがて、「人形に――この麗美に対する感情はないんですか」

束前さんは店内を見回した。日本人形店だった頃の名残で、陳列棚には未だ雛人形や五月人形が、サンプル程度に並んでいる。彼はそちらを指差し、「ああいった人形には、芸術性とでもいうのかな、すでに確立され、継承していくべき技が詰まっている。ブリキのロボットやソフビ人形にも詰まっている。でもラヴドールはまだ、ただの新製品――俺たちの思いとは裏腹に、社会的には明日をも知れぬ消費財に過ぎない。欠陥品は消える。そう思いきれなかったら前に進めないだろう」

いつしか私は、彼の顔から目を離せなくなっていた。その一語一語に心を揺さぶられていた。この人は麗美の造形に、恐るべき時間と、ありったけの才能を投じたのだろう。そして今は、次の段階にいるのだろう。高峯くんがメイカーの手を煩わせたくないと云っていた訳が、ようやく理解できたような気がした。

「修理のプロだと云ったね。それなら君が修理したほうがいい。きっと俺より巧い」

「あの」と変なタイミングだったが、思わず私は声をあげた。「あ、すみません、流れを無視した質問なんですけど、束前さん、創作人形とかお創りには？」

「なんで」

「だってこの人形――麗美ちゃん、こんなに可愛い。うち、まだいちおう小売りもやってるんです。ラヴドールを扱うのは難しいですけど、創作系で束前さんの作品だったら、ぜひ置かせていただきたいって――」

「暇がない」と彼はかぶりを振った。初めて微笑し、「エゴより全体の未来を優先する人間だって必要でしょう」

私は頷き、それきり主張も提案もしえなかった。

ドアに向かおうとしていた束前さんが、急に立ち止まる。私を振り返った。

いや、師村さんを、だ。

微笑は早くも掻き消えていた。遠くを見るように眉を強く寄せ、「俺は昔、あなたとテレビに出たことがある」

師村さんは目をまるくした。

師村雪夫――。

久し振りにそう、インターネットで検索する。

彼が店に来たばかりの頃、その手腕に舌をまいた私は、とんだ人を雇ってしまったと思った。そしてこんな風にして、なんとか素性を探ろうと試みたものだ。冨永くんも同じだったろう。

このたびもまた、ひとつながりの姓名としては一件も検出されなかった。ばらばらのキイワードとして認識されてしまう。思いついて「師村雪夫」「人形」「テレビ」など複数の条件でも検索したが、より無関係そうなサイトが増えただけだった。

「あの、社――澪さん」

当の師村さんがちょうど工房から出てきて、私は椅子から飛び上がった。

「お茶でも淹れようと思うんですが、澪さんもお飲みになりますか」

「――あ、私が。紅茶でいいですか。実家から貰ってきたのが」

「ええ」

あわてて流し台に向かう。薬缶を火にかけてから振り返ると、師村さんはベンチの前に立って麗美を眺めていた。長い時間ではなかった。

彼の視線は店内をさまよい、やがて私の机の上を舐めた。

あやうく叫ぶところだった。足は逆にすくんだ。ブラウザを閉じてない！

私が淹れた紅茶を、師村さんは窓際に立ったままで飲んだ。「冨永さんにも同じことを申しましたけどね、私がどこの馬の骨かなんてお調べになっても無駄です。職人の名は仕事です。ひとつこれからも、仕事だけを見てくださいませんか」

やはり気づかれていた。私は腹をくくり、「師村さんほどの腕の持ち主が、まったく無名だなんて、とても信じられなくて」

「お褒めにあずかるのは光栄ですが、師村という男の足跡は、世間のどこにもありはしません。無駄はおやめくださいと云いたいだけです。たとえば名前を変えるなんてのは、とても簡単な話なわけで」

†

束前さんとの対峙以降、冨永くんは麗美をいっそう慈しみ、語りかけるようになった。裂傷には自力で入念な修繕をほどこしていた。

私の心にも彼女への嫌悪感は薄れた。気がつけば、朝はおはようと呟き、仕事の合間には視線を送って健在を確かめ、衣服に乱れを見つければそっと直してあげている。

世間が彼女らに与えたラヴドールという呼称に、私は性的な意味合いを嗅がなくなっていた。愛の人形。人の愛情を一身に受け容れてくれる人形。

生まれ出《いで》ようとしている、未来の人形。

引取りの日が来た。高峯くんはレンタカーを駆って店を訪れた。人形とはいえ三十キロもあるとなると、移動のコストも莫迦にならない。

彼が店にいるあいだ、冨永くんは一度も麗美に話しかけなかった。店を和ませてくれたことに感謝していると、彼女にではなくその所有者に云い、よかったら撮影に、と袋いっぱいの洋服を渡していた。

「東京は桜が多くて嬉しいなんて、年甲斐もなくはしゃいでてさ」帰り際、高峯くんは憂鬱そうに語った。お母さんのことである。「来年も来ちゃったらどうしよう」

「またお預かりしますよ」

そう私は口をはさんだ。しかし冨永くんは頬笑みながらかぶりを振った。私に遠慮しているのだと、そのときは思った。

冨永くんと共に麗美を送り出し、店内に戻ると、師村さんがベンチに坐っていた。麗美の定位置とは反対側だった。

「なにとはなし、淋しくなるもんですね」と私たちの気分を代弁した。

私たちの静かな日常が戻ってきた。静か——と感じてしまう人間の不思議。麗美は一言も発しはしなかった。騒がしかったのは私たちの頭のなかだ。

カウベルが鳴る。豆腐店のご隠居が入ってきて、店内を見回し、

「あれえ。麗美ちゃん、もう返しちゃったのかよ」と巻き舌ぎみに問い詰めてきた。

「ええ。きのう持ち主さんが取りに来られて」

「なんだい」余程の不幸にでも遭ったように、額に手をあてる。「せっかく記念写真を撮っとこうと思ってさ、嫁のデジカメ借りてきたのに」

私は失笑して、「なんの記念」

「そりゃあ」と彼は目をきょろきょろさせた。「美人に出逢えた記念だよ。並んでピースってさ」

「え、一緒に写るつもりで?」

「そりゃあそうだよ、美女の隣には野獣と相場が決まってらあな。澪さんとだって忘年会で一緒に写ったじゃないか」

「ここはスナックじゃありません。ですから、そういう優しさは結構です」

「席が近くて仕方なくだったけどさ」

「そういう落ちもつけなくて結構です。麗美ちゃんだったら、また来るんじゃないかしら。きっと、次の桜の頃」

「そうかい。よかった。なんだ、そうかい」

どちらかといえば冨永くんへのアピールとして云った言葉が、第三者にすんなりと納得されたのが、奇妙な感じだった。桜の君か、いいねえ、あの子にぴったりだ、さくら、さくら、やよいの空は――と元気な独り言を云いながら、商店会長は外に出ていった。落差で、そのあとの店内は余計に閑散と感じられた。

冨永くんは自分の小さなパソコンでなにか調べものをしている。私と同じく束前さんの言葉に引っ掛りをおぼえ、師村さんの正体を追い続けているのだろうか。

いっそ東前さん本人に尋ねたら、あっさりと教えてはくれないかしら。しかし明言できるような事実があるのなら、彼はあの場で語ったような気がする。きっと彼も確信をもてず、師村さんの反応を窺ったのだ。

すでに師村さんから口止めされている可能性もある。すると、尋ねればむしろ真実が見えなくなる。

「麗美」と冨永くんが呟く。

そちらを見た。ところが彼は、なにかメモしようとしかけてまたパソコン操作に戻ったところらしく、ボールペンを横咥えにしていた。私の幻聴だった。

冨永くんが私に、間違ってそう呼びかける瞬間を私は危惧し、それでいてなんとなく期待してもいた。恋は恋。蔑む気持ちはない――少なくとも今は。以前は、身近な男性が無謀なそれに陥っているのを察知して、無闇に苛立っていたようである。

冨永くんはたえて失敗をおかさなかった。ある日、ねえ、と妙に内省的、かつ親しげな口調で呼びかけてきたときも、私の予感とは裏腹に正しく、澪さん、と続けた。

「なんですか?」と笑顔で聞き返す。

「ゆうべ、変わった場所に行った」

「どこ」

「秋葉原。小さな部屋で、ラヴドールとふたりきり。そういう風俗店があるんだよ」

「――麗美？」

「キャプチュアのドールは稀少だから、そんな店なんて無いだろうと思ってた。でも調べ続けてたら一軒だけ見つかった。べつに抱きにいったんじゃないよ。ちょっと話したくてさ、その後の、この店のこととか。――こういう話、女性は不快だね。喋るのやめようか」

「構いませんよ。社員の無駄話に耳をかたむけるのも、きっと経営者の仕事でしょう。で、麗美ちゃんはどうだった？」

「なんの会話もできなかった」

「いなかったの？」

「いたよ、麗美タイプのドールが」彼は一瞬、声をつまらせた。「でも、麗美じゃなかった」

どんなにか立ち上がり、寄り添って、頭を撫でてあげたかったことか。だけれど私は等身大の、生身の女だった。

アリスマトニカ

伴田良輔

地上に出て行く日が近づいていた。地下1000メートルにある次元子研究施設で2週間前の土曜日の午後6時過ぎに培養脳内の覚醒ニューロンが反応臨界を超えて励起しはじめ、マトニコン社から搬送されてきたレトロドールの頭部に嵌め込まれた私は、一晩かかってゆっくりと意識生成型アンドロイドになった。最初に聞こえた声は「博士、もう目覚めていますよ」というアキラの声だった。

私の脳の中には地球上のすべての言語構造と解釈能力、あらゆるジャンルの知識データベースが入っていて、覚醒後すぐに情報と知識を任意に組み合わせて状況の分析や的確な判断をすることができるようになっていた。あの日から2種間、私は次元子研究所所長の鬼田博士と助手のアキラに覚醒状況を観察されながら過ごした。そして近々、地上メディアに、世界初の次元子干渉による意識生成型アンドロイドとして紹介されるのだ。

昼食をとりに行っていた博士とアキラが何か話しながらラボに戻ってきた。

「たしかにこの子はある種の魔法の産物だよ。培養脳のニューロンが次元子エネルギーに反応して励起しているんだからね。世界のAI研究者たちは衝撃を受けるよ。この子のニューロン連結の自由度はこれまでの培養脳のレベルをはるかに超えている。でも問題は……」

そう言いながら、博士は感情モニターの前に座ってチェックをはじめた。アキラがそのモニターをのぞきこんだ。

「問題は肝心の心のほうですね。感情モニターが変化しない」

「心の生成がどういうふうに起きるのかは、誰にも何もまだわからんのだ。すでにニューロンが励起していることはたしかなんだが、だからといってそれで心が生まれているとはいえんのだ」

博士がいつものように大きなカップにお気に入りのコーヒーを注いで啜り始めた。アキラは私の前の椅子に後ろ向きに腰をおろした。アキラの頭の渦は右巻きで、私はそれを上から見るのが好きだ。生まれてから2週間、この渦を見ない日はない。

「これまでとは比較にならないレベルのニューロンの自己生成が起きている。しかしそこにもっと何か別のものがたちあがらないといけない。それが何なのかがわからない。もう、いつこの感情モニターの色が変わっても不思議はないんだが」

「触媒というか、刺激が必要なんですかね」

「わしが思うに、必要なのは、おそらく恐怖だよ」

「恐怖?」

「感情の中でいちばん根源的なのは恐れだ」

「たしかに虫は危険を感じたら威嚇しますね」

「虫の威嚇を感情といえるかどうか微妙なところだが」

「心をたちあげるためには、愛ではだめなんですか、恐怖じゃなくて」

「愛なんて、生死にかかわる決定的なものではないだろう。恐怖にくらべると、愛は漠然としすぎている」

「そうですか」

「人間がおおげさな喜びの表情を介さないと理解し合えないのは、逆に言えばそれだけ鈍感な生物だからだ。表情は人間の鈍感さをおぎなうために発達したようなもんだ」

アキラが立ち上がって、私のほうに顔を近づけてきた。ふたつの眼鏡と、その奥の半透明の眼球が私に近づいてくる。アキラの眼球の中の海がすぐそばに見える。私はついこのあいだまでこの部屋の無菌ラボの生体ナトリウムの海の中に浮かんでいたのだ。身体のない、重さ９００グラムの培養脳として。

アキラの眼に映っている私の顔と身体は21世紀初頭の20歳ぐらいの女の子をモデルにしている。K研究所がアーカイブしている身体スキャンデータから立体化され、私の顔と四肢、乳房と腰と肩、要するに身体のすべてのフォルムが再生された。あらゆる時代の女の身体を再生したレトロドールというシリーズを製造販売しているマトニコン社の技術によって制作された私の身体は、極秘でこの地下の研究所に運ばれ、私の培養脳が頭部に埋め込まれた。そしてアリスマトニカと名付けられた。

会話や情報処理能力もある全能タイプのパートナードールが従来のセックスドールに代わって人形産業の主流になってから、もう5世代近くたつ。そのトップ企業がマトニコン社だ。私はその最先端のボディを持ち、頭にはまったく新しい意識生成形の脳が嵌め込まれている。パートナードールの体に究極の頭脳と心を持った人形を、博士はこの地下研究所で追求してきた。

アキラがまだ私をじっと見つめている。口と四肢を動かすための筋肉連動スイッチが切ってあるので、アキラに何も伝えられないのがもどかしい。ひょっとしたら、これが心というものなのだろうか？

「ところで」と博士は言った。今日5杯目のコーヒーをまたカップに注いでいる。

「次元子エネルギーが純粋に数のエネルギーであることを私が論文発表したときの冷たい反応を知っているだろう。2年間誰もその論文に反応しなかったんだ」

「ええ」

「物理的な観測と数学的予測がつねに近似であることに人間は古代から気づいていたが、近似である理由は誰にもわからなかった。私は物理の根源、いってみれば存在の根源が、じつは数そのものだということを発見した。そんな馬鹿な、と物理学者も数学者も、どっちも冷静に受け止めることができなかったのだろう」

「中傷もすごかった」

「数はこの世界の外部に実在するというプラトンの実在論を信じてきた数学者は、何か神聖なものが汚されたみたいな反応をした。物理学者たちも、さんざん数を使い回して実験をしてきたくせに、いざ数そのものが世界を動かしているとわかると呆然としてしまった。〝ある〟を1とするなら、物理世界はひとつながりの塊で、やはり1なんだ。次元子との相関で、すべての数式を1との関係に還元できることがわかった」

「宇宙は〝ある〟というひとつづきの塊で、その〝ある〟の裏側に〝ない〟が同じ大きさで張り付いているということを次元子が証明したんですね。〝ある〟と〝ない〟が一体で、しかも振動している。その振動が〝数のエネルギー〟だと。画期的な発見でした。ぼくは中学生の時に知った博士のこの発見で科学者になろうと思ったんです」

博士がエアボードに指先で何かの方程式のようなものを書いた。

$$e^{i\pi} + \frac{p_n}{p_{n-1}} = 心$$

「これはその発見のきっかけになった方程式だ。ゼータ関数を知って素数に夢中になっていた12歳のときに思いついた。心のエネルギー方程式っていう名前をつけて、ずっと眺めていたものだ」

「心のエネルギー方程式ですか」

「オイラー等式 $e^{i\pi}=-1$ と、素数振動、つまり次元子振動を干渉させた式だ。もちろんPは素数だ。12歳にしてはなかなかいい線いってるだろう？　自然対数eが物理世界の動きの基本を表しているとすれば、それに虚数iと、円周率πを乗じたら−1になってしまうというオイラー等式というのは、じつは誰もがいうような数学の極限をあらわす美しい等式なんかじゃなくて、数学が物理世界を丸め込んで−1という数にする、つまり物理世界を終わらせてしまう過程をあらわした恐ろしい式じゃないかと思ったんだ。もしそうだとすれば、オイラー等式の右辺の−1は世界の終わりの場所だ。−1で世界が終わるなら、それを救い出すのも数なんじゃないかと、子供心に思ったんだね。どうしたらいいかを考えていたら、素数比が出てきた」

「任意の素数を、ひとつ手前の素数で割ると、1に小数点以下の小さな値を足したあたりでランダムに揺れ動きますね」

「この関係は、素数が無限に続くので、心の値も無限に揺れ動く」

「子供の発想とは思えません」

「世界を終わらせたくない一心だった。相当飛躍した式ではあるが、結局この12才のときのひらめきが数エネルギーの実在、つまり次元子の発見につながったんだよ」

その次元子が私の脳を動かしている。私は数の子供なのだ。


翌日、博士が私の感情モニターを見て首を傾げた。

「やはりダメだな。安定しすぎている」

「落ち着いているってことではないのですか」

「もっと反応が大きくないと、世間は驚かないだろう。喋れないし表情も連動させていないから、せめて意識発現モニターが動かないとね。じつは、君にはまだ見せていないんだが新しい体をマトニコン社に頼んでいる。顔もこの子とはかなり違うタイプの子だ」

「え?」

「培養脳ニューロンの励起はすすんだが、どうもこの子は心の発現にはいかないようだ。もうひとつの脳水の中のアレがあるだろう」

と博士は無菌室ラボの中を指差した。

「アレが、昨日から励起をはじめている。発表の時期を延期して、最終的にはあの脳でいくつもりだ」

「この子はどうするんですか」とアキラが言った。

「この子の脳は残すが、体は処分することになる。四肢の神経メカニズムをとりはずすから、そのときあちこち破損するからね。たぶんもう体は使い物にならない」

ふいに、私の中にいいようのない混乱が生じた。私の体を処分する？　私はどこへいくの？　アキラ、たすけて！

「博士、見てください。モニターの覚醒ニューロンが反応しています。博士の言ったことを聞いたんですよ、かわいそうに」

博士がコーヒーカップをテーブルに置いて、私に近づいてきた。

「とにかく、明日、マトニコン社の工場に持っていく」

身長がアキラの肩ぐらいしかない博士の頭の渦は禿げてもうなくて、部屋の照明を反射して白く光っている。博士は私の眼を指で閉じようとして右手を近づけてきた。やめて！　アキラ助けて！

まぶたに指が触れるその瞬間、アキラが背後から博士に抱きついてはがいじめにした。

「なにをするんだ」

「この子の廃棄は許しません」

そういうとアキラは博士の首に後ろから両手をかけて、強く締め上げた。

しばらくすると博士の膝が崩れて、仰向けに床に倒れた。アキラの肩と両手が激しく震えている。

死んだ人間を、私ははじめて見た。

「行こう」

　アキラは私を両手で抱き上げ、研究室のドアを開けて、エレベータに乗り込んだ。ドアが閉まる。研究所の最下層にアキラが開発にかかわった多世界移動装置タナトリアがある。そこに向かっているにちがいない。アキラと一緒ならどこまでもいきたかった。どこにでも。

解説　肉体から心への終わりのない旅

伴田良輔

等身大ラブドールが主演する短編映画「アリスマトニカ」を撮ったのは二〇一〇年の夏だった。きっかけはその前年、茅場町のギャラリーで開いた写真展にオリエント工業の土屋日出夫社長と造形スタッフが見にきてくれたことである。オリエント工業の工房でラブドールの制作工程を見学させてもらえることになり、シリコン成型のための鋳型や頭部のメーク室を見せてもらったあと、人形造形師のTさんの話を聞いた。その時、Tさんの仕事場の棚に置いてあった一体のラブドールの頭部にひと目惚れしてしまったのだ。「かわいい」と「美しい」という、人間なら分離してしまいかねない二つの要素が、魔法のように一つになった顔立ちに見入っていると、Tさんが「僕もお気に入りの子です」という。その人形は「しずか」という名前で実際に販売されたラブドールの頭部で、商品としてはすでに廃番になっているという。すごく魅力的なのに、どうして廃番になってしまったのか。「こちらがいいと思っても、ラブドールとしてはあまり人気がないこともあるんですよ」とTさんは言った。そして「そんなに気に入ったのなら写真、撮りますか?」と、Tさんは「しずか」の頭部を棚からそっと取り上げた。

従来の空気注入式のダッチワイフにもの足りなさを感じた土屋氏はウレタンなどで改良を加えた高級ダッチワイフを開発、一九七七年にオリエント工業を創業した。創業当初は主として障害者のための受注制作だったが、より幅広いユーザーに向けての商品も開発してヒット作も次々生まれた。二〇〇一年には繊細な造形によるシリコン製のリアルラブドールを発売して予想外の大ヒットとなる。その後も素材やデザインの改良を続けて、リアルラブドールの完成度を追求、いまではギャラリーで展覧会も開かれるほどだ。

人形師のTさんのアトリエで一目惚れしてから一週間後ぐらいだったか、しずかは、頭部だけでなく胴体もちゃんとついた状態で、神保町のアトリエにやってきた。設営スタッフで筋肉隆々のHさんに抱えられてアトリエに入ってきた時には緑色の寝袋のようなものに入っていたが、Hさんがそこから人形を取り出して床に寝かせて背筋を伸ばし、それから壁にもたれかけるようにして立たせた。そして慣れた手つきで人形の首を少し傾げさせ、肘を曲げ、撫でるようにして指先を整えていく。「しずかです、よろしく」というHさんのその声が聞こえた瞬間、そこには、それまで見たどんな種類の人形とも違う圧倒的な存在感のある等身大の人形が裸で立っていた。

数日後、僕はTさんに「彼女を主演に映画を撮らせてください」と伝えた。すでに僕の中で、しずかは「女優」になっていた。彼女が本来はラブドールであるということをすっかり忘れていた。

ストップモーション・アニメーション撮影の専門家である船本恵太さんを助監督に迎えて、僕と船本さんの共同制作で映画「アリスマトニカ」の撮影が始まった。アリスマトニカという名前はルイス・キャロルの小説「不思議の国のアリス」の主人公アリスと、一二世紀から一九世紀にかけてヨーロッパで流行したオートマトン（自動人形）の合成語だ。すでに思考能力を備えたアンドロイドが登場し、時空間移動装置も存在する未来世界。現代人はとうにいないが「不思議の国のアリス」という物語は残っている。アリスをモデルに作られた思考能力のある美しいアンドロイド、アリスマトニカは時空移動装置を作動させて二十一世紀初めの東京にやってくる。そして一人の女の子に接近する。

アリスマトニカが接近する現代の女の子の役は、友達の美少女Yちゃんに演じてもらうことにした。そう決めてから、一つの画面の中で人形とYちゃんが同時に映る場面ではストップモーション撮影は使えないという当たり前のことに気がついた。ストップモーション撮影は一秒間の動きを十コマ〜二十コマ程度に分解して一コマ少しずつ被写体を動かしながら静止画撮影していくアニメーション技法である。それを連続再生すると、まるで自然に動いているように見える。しかし人形にはそれができても、生身の人間にそのような動きの分解を人形と同じ画面で行うことは無理である。生きているということは「止まれない」ということなのだ。そういうわけで人形と人間の共演部分は実写で行うことになったが、メインの等身大人形のストップモーション場面でどこまでリアルに動いているように撮影できるかが勝負になった。人形が人形に見えてしまわないこと、まるで自分の意思で動いているように見えることを目指し、あらかじめ細かなシナリオは書かずに、場面場面で人形が次にどう動きたいと思っているかを考えることにした。もちろん実際に目の前にいるシリコンの人形に意志があるはずはない。しかし、いざ撮影がはじまってみると、人形が刻一刻、何かを考えているように感じるのだ。これは本当に不思議な感覚だった。僕はそれをとりあえずアニマ（魂）と名付けた。アニメーションとは、アニマが生き生きと生命を持つ、つまり animate することなのだから。

ある日の撮影中、「なんだか人形が泣きたいって言っている」という僕のつぶやきを聞いたTさんが「やってみます、待ってもらえますか」という。翌日、朝一番に人形の頭部を持って現れたTさん。なんと本来は人形には付いていない瞼を、昨夜の撮影終了後に頭部を一旦工房に持ち帰り、一晩かけて薄いシリコン膜でつけくれたのだ。見事な出来映えだった。おかげで人形がまばたきをして、大粒の涙を流して泣くという画期的なハイライト場面をストップモーション撮影することができた。

等身大のラブドールをストップモーションで動かすというおそらく映画史的にも前代未聞のこの撮影は、ほぼ一ヶ月の間、神保町のアトリエで続いた。後半には人形を車に乗せて房総半島の山中に運んで屋外場面を撮影したが、すでに「女優」になった人形を乗せて高速道路を走りながら、もし検問があったらなんと説明すればいいのだろうとドキドキした。この主演女優は今も神保町のアトリエにいて、季節ごとに服が変わったり、来訪者とのツーショットにおさまったりしている。

今年になって「アリスマトニカ」のことを聞いた編集部から、僕に本書の編纂の依頼があった。本書はダッチワイフおよびラブドールを扱った六作の小説と、短歌、詩、シナリオ、漫画二作のアンソロジーである。つまり性のパートナーとしての「等身大の人形」全般をテーマにしたものである。後にも記す通り、「ダッチ」は「オランダの」という意味の差別的な表現だったが、本書ではそのような意図で用いていないことを、話をすすめる前にお断りする。「ダッチワイフ」は、竹の抱き籠から精巧なラブドールに至るまでの時代の、中核にある言葉である。性のパートナーとしての「等身大の人形」の本を編むにあたって、やはりタイトルはこの言葉しかなかった。

つまるところ、ダッチワイフもその発展形としてのラブドールも、人間と性のパートナーの問題である。さらに言えば人にとって性行為とは何かという普遍的な問題である。まさにそのことにぼくは物心ついて以来ずっと悩み、こだわり、関心を持ってきた。人間は性の欲求が芽生えてから、まずはパートナーなき性の期間をいやおうなしに体験させられる生き物である。身体の準備が整い次第、すぐにパートナーとセックスをすることが可能になる生き物の方が生物の世界で

撮影中のアリスマトニカ。瞼をつけてもらった。

は主流であるが、人間は環境的、社会的な制約によって、実際に性行為が可能になるまでに相当な時間を費やさなければならない。性行為のできないことへの焦燥や諦めに直面するその期間に脳や心が複雑に発達し、結果として様々な表現、文字言葉や文化や芸術と呼ぶものを発見したとさえいえる。

二十代後半に最初の本『独身者の科学』（冬樹社、一九八五年）という風変わりな本を書いた時、有史以来、性のパートナーに人間以外のものを選んだ者たちのことを色々調べたものである。男は板切れに穴を開けたシンプルな工作物から果物や動物まで、女は棒切れから石や鼈甲の張型まで、人類はありとあらゆるものを性の相手にしてきた。その貪欲さに愕然とするとともに、性とはそれほどに自由なのだという安堵も覚えた。性の対象を生殖という目的以外にこれほど広く多様に持っているイキモノは見当たらない。その逸脱ぶりは、他の生き物からは、この二足歩行の生物は少し狂っているようにさえ見えるだろう。性のパートナー獲得のタイミングの生物時間的なズレと狂いが、人間の文明、文化をここまで進化させたのだとすれば、人間はこの奇妙さを受け入れ、むしろ賞賛すべきなのでは、というのが『独身者の科学』での結論だった。オナニーやマスターベーション、つまり一人でするセックスの多様性への驚愕と礼賛でもあった。

日本のダッチワイフのはしりともいえるものとして江戸時代に密かに制作されていた吾妻形人形がある。手足が動く木製の等身大の人形の股間部分に、吾妻形と呼ばれる女性器を模した自慰道具をはめ込んだものである。吾妻形に関しては、すでに室町時代末期の連歌師山崎宗鑑編集の『犬筑波集』

に記述がある。江戸時代に入って一六二六年には両国の薬研堀に性具専門店の四ツ目屋が創業を開始、この四つ目屋には吾妻形はもとより、媚薬長命丸や肥後ずいき、女性用の張型など、ありとあらゆる性具が商品として揃っていた。時代はずっと後になるが『全盛七婦玖腎』（一八三九年）には「即座吾妻形。びろうどの柄袋を裏返し、布団を巻き、間へ挟み置き、布団を抱きしめ、柄袋へへのこ（ペニス）を入れ、気をやるべし」「吾妻形早拵。こんにゃく一丁、図の如く口を開け、湯にて暖め人肌に冷まし、へのこを入れ、気をやるべし。まことのぼぼ（女性器）に変わることなし」「ぼぼがた。よく熟したる真桑瓜の小口を切り、種を出し、切り口よりへのこを押し込み、抜き差しすべし。中のひらひらぼぼの如し」と、三種類の吾妻形の使用法についての詳細な記述がある。革で作ったものは革形と呼ばれた。また浮世絵師、渓斎英泉の春画「枕文庫」（一八二二年）には、見事な画とともに「べつこうのうすきを合せまら（男根）を両方よりしめるが如くにつくる。びらうどにてはりつつみてつくる」とある。葛飾北斎の最後の春画といわれる「萬福和合神」（一八二一年）にも、江戸の性具カタログのスタイルで吾妻型が描かれている。「落城の濠に浮いてる吾妻形」という、吾妻形が単身赴任となった武士に人気の性具だったことを揶揄した川柳もある（引用のカッコ内註と句読点はいずれも筆者）。

等身大の木製の人形の局部に、その吾妻形をはめ込んだものが吾妻形人形である。花咲一男『江戸雑談　蛸に食われた女たち』（三樹書房、二〇〇七年）の「吾妻形人形」の章によれば、貞享年代（一六八五年頃）、北條団水の『色道太鼓』巻一の二「我朝の男美人」の章に、十六歳の娘と結婚したが江戸に単身赴任を命じられた関西の武士が、京都の細工人に吾妻形人形の製作を依頼する話が書かれていると紹介されている。

「京へ人をやり、むかひよせしも、おもひ人のかたちうつして注文、十七ばかりの女。せいたかゝらず下からず丸皃《がほ》、肉《しゝ》つきよく。めでたきは髪。足の大指そつて。肌《はだへ》ぬめりんず白びろど。味よき物たかくつきて。内は越前綿をもてくゝり。上によりかゝる時、手足空にあがりてしめつけるやうにと書き付けし通《とおり》」。希望通りの美しさに仕上がった吾妻形人形はまるで生きているようで日夜武士はこの人形を愛でる。そしてある日人形が「につこりと笑《ゑみ》て、かねぐ〜物申したくぞんずれ共、作物《つくり》のあやしやとおぼしめされんとひかへまいらせたり」、つまり「前から話をしたかったが作り物が喋るとびっくりされると思って控えてい

葛飾北斎「萬福和合神」（1821）左上が吾妻形。

た」と告白する。ますます人形に夢中になって部屋にこもってしまった男の様子が変ということで様子をみに上京した若妻は、すっかり衰弱して床に伏せた青白い夫を発見する。

　またもう一編『宝暦風俗集』（一七五〇年代）に吾妻形人形についての話があることも紹介されている。江戸に奉公で上京した武士が吉原の白ぎくという遊女と相思相愛になる。江戸での奉公が終わり吉原に通うことができなくなった男は、恋しさ高じて白ぎくそっくりの吾妻形人形を作らせる。「此吾妻形といふ人形ハ、むかしよりもてあつかふことなり。大小名の御子そくたち、親〳〵のゆるさぬめかけくるひ、あるひハ悪所通いもならぬ故、此人形を愛で楽しむゆへ、日本橋白木や、下谷池之端中町大槌屋なぞに、明和元年ごろまであり。金十七・八両なり。湯をつき入、人はだになる。ぜんまいにて手足うごくようにこしらへ、人丈《ひとだけ》にて、髪は日々ゆい遣ハす」。江戸から離れた男は出来上がった人形を「だき寝して、いろ〳〵たわむれたのしみ」していたが、ある夜、その人形が口をきく。その後吉原から届いた書状で、白ぎくが男を恋い焦がれるあまり死んでしまったことを知る。無念が人形に乗り移って口をきいたのかと悔やみ、白ぎくの葬られている東京の本仏寺を訪ねてとむらいをするのである。

　この二つの話はどちらも相当に奇談怪談めいているが、江戸に等身大の吾妻形人形が実在したであろうことはほぼ間違いのないことである。しかし、同じ時代の春画に、自慰具としての吾妻形は描かれても全身人形の吾妻形人形がまったく登場していないのは、それが庶民や小金持ちのあつらえられる価格のものではなかったからではないかと花咲一男は書いている。吾妻形人形の制作費は百両とも十七、十八両ともあるから、どっちにしても相当な値段だったはずである。吾妻形人形は密かにオーダーメードで作られたものなのである。

時代は一気に大正に飛び、木から転じて竹の話になる。本書に登場するダッチワイフという呼称の元になった（とされる）竹夫人《ちくふじん》は、竹で作られた筒状の抱き枕で、風通しの悪い寝具の中に持ち込んで横向きになって足をもたれさせると掛け布団と寝床の間に隙間が生まれ、気化による放熱で体感温度が下がる効果がある、まさに生活の実用品。呼称の起源は宗時代の中国で、一九世紀末ぐらいには広く東南アジアにも実用品として広がっていたと見られる。

ただの抱き籠だったその「竹夫人」が、どうしてダッチワイフと呼ばれるようになってしまったのか。前世紀からイギリスと東南アジアの覇権を巡って争っていたオランダは、イギリス人からdutchという蔑称で呼ばれていた。そんなオランダ人が東南アジアで中国製の竹夫人に出会ったのである。オランダ人が暑さを凌ぐために寝床で使用していた抱き籠＝竹夫人を、イギリス人がいつのまにかダッチワイフと呼ぶようになった、というのである。

丸木砂土の短編「和蘭妻」（一九三三年）は、まさにその時代、竹夫人とダッチワイフという呼称が混在していた一九三〇年前後の東南アジアが舞台の短編である。欧州行の汽船が火事になりマレー半島のペナンの港に避難した日本人の男たちの会話で小説は進められる。宿泊したペナンのホテルの寝台の上に「細長い、軟らかくて、ぐにゃぐにゃした枕のようなもの」があったが「あれは何だ」ということになり、そこからダッチワイフ＝和蘭妻をめぐる日本人たちの妄想が羽ばたく。元来はただの寝具であり、ただの竹籠であるが、竹夫人にもダッチワイフにも、その名称と使用方法に性の匂いがするゆえに、男たちは様々な妄想を育んだのである。男たちはまた、この異国のホテルのロビーで、日本ですでにずっと前から「竹夫人」という語が俳句の季語にもなっていることを遅まきながら知る。「歳時記」には今でも「竹夫人」が夏の季語としてあげられ、「天にあらば比翼の籠や竹婦人　蕪村」などかなりの作例を載せている。井上友一郎の小説「竹夫人」（一九四三年）は、その季語としての「竹夫人」が小説のタイトルになった小説で、上海を舞台に個性的な日本人が描かれていて一気に読ませる。たまたま目にした「青きより思い初めけり竹夫人　蓼太」の句が妙に記憶に残り、竹夫人が季語であることを知って竹夫人の実物が見たいとずっと思っていた「わたし」は、あちこち聞いたり探したりてみるのだが、結局一度も見たことがなかった。昭和十三年、満州事変のさなかに仕事で上海に行き、学生時代に交流のあった福富という知り合いが杭州にいることがわかり会いに行く。彼の家に泊めてもらった夜、暑さで寝付けないでいるときに、福富が自分の蚊帳の中から竹夫人をいきなり差し出すのである。念願かなって実物を見たら、ただの抱き籠で、何だ、これが竹夫人というものか、とがっかりする「わたし」だが、その竹夫人が福富の手に渡った背景にある複雑な恋愛模様が明らかになっていく。書きようによっては重くなるテーマが、竹夫人という絶妙のモチーフを通して生き生きと語られていく。

角田竹夫の詩「竹夫人」（一九二五年）は、竹籠と竹夫人の二つの単語の言霊《ことだま》の間を揺れ動く、詩人ならではの感性による独白である。「こんな竹籠」と、ただの竹製抱き枕である現実を嘆くかと思えば、「竹夫人よ」と切なく呼びかける。どこにでもある「夫人」という語が「竹」と結びつくことで生まれる言霊に、詩人は取り憑かれている。詩人とはそもそも、一見ありふれた単語の奥に潜む言霊を、いち早く敏感に捉えてむき出しにする能力の持ち主なのである。

では、竹夫人から独立した、いわゆる等身大の「性人形」は、いつ頃から製造され、使用されたのだろうか。よく知られている「南極一号」は南極観測基地の第一次越冬隊のために開発された人形である。一九五七年二月から一年間、南極に滞在した第一次南極越冬隊隊長の西堀栄三郎が書いた『南極越冬記』（岩波新書、一九五八年）を紐解くと、日記形式の記述の五月一〇日の項目に、こんな一文がある。「イグルーを整備し、人形をおく。みんな、この人形を、ベンテンさんとよんでいる。わたしは、越冬を実行するまえに、この問題をどう解決したらよいか、いろいろ考えた。大して重大に考えなくても、けっこうコントロールがつくようにも思えるし、また、越冬隊員には若くて元気な人もいるのだから、やはり処置をこうじておかなければならないようにも思う」。イグルーとはエスキモー方式に氷のブロックを積み上げて作ったお椀型の小屋である。後日談によればこの南極一号は実際には隊員の誰にも使われなかったようであるが、基地に持ち込まれたことは、この記述からも確かなことである。ダッチワイフからラブドールにいたる歴史的変遷については、高月靖の画期的な名著『南極1号伝説　ダッチワイフの戦後史』（文春文庫、二〇〇九年）に詳しい。

さて、その南極越冬隊の約三〇年も前に、谷崎潤一郎はある特定の一人の女体を人工的に再現したいという思いに取り憑かれた男の狂気を描いていた。それが「青塚氏の話」（一九二六年）である。女優で妻の由良子を主役にすえた映画で一世を風靡していたまだ若い映画監督中島が病死したところから小説は始まる。死後に発見された、妻への夫からの手紙という、手の込んだ体裁で語られる小説である。その手紙には、由良子のファンで、彼女が主演した映画のありとあらゆる場面から彼女の肉体の細部を徹底的に分析し、ついには等身大の水注入式の「由良子人形」を、さまざまな姿態で三十体以上も作るに至った男のことが書かれている。等身大の人間模型を、手に入れたネガの寄せ集めから再構築していく男の狂気は、あらゆる映像メディアを通してイメージの受容を日常的に行っている映像フェティシズムの時代を予言しているかのようだ。「フィルムの中の由良子嬢こそ実体であって、君の女房は却ってそれの影である」という男の主張、つまり映画の中のリアリティが現実のリアリティを上回るというプラトニズム的な主張は、この小説の数年前にいちはやく映画の制作にも携わった谷崎による、男を通した映画論にもなっている。男の描いた、妻の体の細部の細密なスケッチを見せられた中島は有田ドラッグの蝋細工の人体模型が展示されたウインドウ前をとおりかかると、その「ぬらぬらした」リアリティがよみがえって気持ちが悪くなる。作中に何度か出てくる「有田ドラッグ」とは明治末期から大正にかけて、偽薬品広告でひと時代を築いた有田音松が創始したチェーン店である。店のウインドウに人体解剖模型を飾って、いかにも偽薬が効きそうな錯覚を生み出していた。本物とコピーのリアリティの逆転をもたらす、「映像と広告の時代」の台頭が、一人の男の狂気を通して描かれた、谷崎潤一郎の妄想力と描写力が冴え渡った傑作である。

ここで思い出すのが、睡眠薬によって一晩中眠り続ける若い女たちを得意客に提供する怪しい宿の女将を描いた川端康成の小説「眠れる美女」（一九六〇年〜）である。宿にやってくる男は眠っている娘に語りかけながら、自らの過去の現実の女との性愛の記憶を蘇らせる。生身の身体こそが究極の等身大人形であるとすれば、眠らせてそのまま眼前に置けばいいではないかといわんばかりの川端のタブーなき妄想力が結晶した短編である。三島由紀夫はこの作品を絶賛した。川端はまたこの数年後に、若い女から右腕だけを譲り受けて家に持ち帰る男を描いたシュールな短編「片腕」（一九六三年〜）も書いていて身体妄想はお手の物であるとはいえ、四〇年も前に書かれた谷崎の「青塚氏の話」の完成度には脱帽したのではないか。

「人形はなぜ作られる」（一九五五年）は戦後の性風俗雑誌「あまとりあ」掲載された小説だ。惚れ込んだ女を再現するために人形作りに没頭するという点は谷崎の「青塚氏の話」に似ているが、老人の心理と行動だけを追い続けるこの小説の語り口はどこか民話、あるいは寓話めいている。不死の女の誕生する最後の場面は、もはや神話に近いのかもしれない。本作でも「青塚氏の話」でも、「ダッチワイフ」の語と等身大の性の人形はまだ結びついてはいない。

空気注入式の等身大の性人形がダッチワイフという呼称で雑誌の広告などに登場するようになった昭和三〇年代後半から四〇年代にかけて、映画や漫画のモチーフとしても登場し始める。手塚治虫は「地球を呑む」（一九六八年〜）で人工皮膚を使ったダッチワイフを登場させた後、本書に収録した「やけっぱちのマリア」（一九七〇年）では物語の中心に空気注入式のダッチワイフを据えた。主人公の青年が不意に吐き出したエクトプラズムが、空気注入式ダッチワイフに〝憑依〟して、マリアという空気人形少女になる。マリアは生き生きと動き始めたかと思えば、何かの拍子にビニールの皮膚が破れ、たらたちまちしぼんでただの空気人形に戻ってしまう。身体とともにマリアの心も消える。その急激な変化が、心とは何かという問題を読者に突きつける。あわて者の主人公の青年と、対立する不良グループのボス、美貌のスケ番などが入り乱れる学園恋愛ナンセンスコメディ作品で、展開の早いスラップスティック仕立ての中に、青年期の男の性の懊悩や、心は持ったものの人間を知らないマリアを通した性教育漫画という側面を持っている。手塚治虫ならではの壮大な生命論、宇宙論も展開する。壮大すぎてギャグは時に空滑りするが、そうした空転感も含めて自虐的ユーモアにしてしまっているところが手塚漫画の真骨頂である。一九七〇年に「週刊少年チャンピオン」に連載されて翌年単行本で刊行された。

業田良家の漫画「空気人形」（一九九八年）は、雑誌「ビッグコミックオリジナル」にシリーズ掲載されたうちの一編で、後に、是枝裕和監督の映画「空気人形」(二〇〇九年)の原作になったことでも知られている。空気注入式のダッチワイフが心を持ち、ビデオショップでアルバイトをするという設定は、奇想天外なストーリーではなく力の抜けた絵で淡々と哲学的なテーマを扱うことに長けた業田ならではの日常感覚である。心という得体の知れないものと、空気というつかみどころのないもののパラレル感が淡々と描かれる。ビニールを通して出たり入ったりするのは、空気なのか、心なのか。

手塚の「やけっぱちのマリア」も業田の「空気人形」も、本来は心を持たないはずの人形が心を持ってしまったゆえの悲喜劇を描いている。その点では、木製の等身大人形、吾妻形人形に生命を見てしまった江戸の二つの奇譚と本質的には変わらないのかもしれない。

ヒトガタとしての人形は、古代の人々の生活の中に様々なものが存在していた。人間は家族や親しい者、集落や部族のリーダーといった人間の死、つまりは身体の消滅に際し、土や木で故人をかたどったヒトガタを残すことで精神的な打撃に対処してきたのである。ヒトガタは地球上の様々な場所、様々な初期文明の遺跡に残されている。死者の肩代わりという意味合いだけでなく、逆にこれからこの世の中に出てくる者を迎える準備、つまり出産や豊穣の祈願としても制作された。また、敵対する者をかたどった呪術的なヒトガタもあった。何れにしても、ヒトガタは実用的なものではなく象徴的なものだったのである。

さまざまな目的で古代から人間が作って来たヒトガタ=人形の全体を見渡すとき、その大きさが

「等身大」であることはむしろ稀である。大部分は手のひらの中に収まるものであり、大きくても抱きかかえることができる程度である。人間はなぜか「等身大」を避けてきたのだ。それは「等身大」の持つリアリティへの恐れと無縁ではないだろう。等身大であることは、他ならぬ女たちの意識にも複雑な反応を呼び起こす。人形であることと人間であることの差異がその大きさにおいて消失することとは、女にとってもひとつの事件なのである。等身大人形は、女の身体と交換可能なのか？　という切迫した問題をつきつける。

黒田和美の『六月挽歌』は二〇〇一年に五十八歳で刊行した第一歌集。その中でダッチワイフを詠っている。ここに再度引用したい。

抱かれて死すとふ至福遺されて恋ふのみ荒野のダッチワイフは

「荒野のダッチワイフ」は大和屋竺脚本（本書収録）による映画「荒野のダッチワイフ」（一九六七年）のことである。『六月挽歌』にはまた、

わが裸身白くちひさく畳まれて君のてのひら深く眠らむ
立ち尽くす誇あらばや風のなか一糸纏はぬ冬の木立よ

という歌がある。「白くちひさく畳まれて」あるいは「一糸纏はぬ冬の木立」とは、先の歌でダッチワイフと自らを呼んだその身体に他ならないだろう。愛するものの不在や不明をどうすることもできない若い孤独が、「荒野のダッチワイフ」という六〇年代後半に映画界を沸かせたタイトルの強烈な時代感とともに、清冽なエロスとして立ち上がっている。黒田は一九六二年に早稲田大学に入学、その後短歌を作り始めた。まさに六〇年安保闘争のさなかであり、一九六〇年六月、警官隊との衝突で犠牲となった女子学生樺美智子の死への追悼がこの歌集のタイトルの契機になっている。ずっとのちになって発表された「六月の挽歌」とは「一九六〇年代への挽歌」でもあるのだろう。黒田と同じ「月光の会」の歌人で皓星社の編集者でもある晴山生菜には、業田良家原作の映画「空気人形」に着想を得た次のような歌がある。「とりはずし窓にかざせば朝焼けに洗われているわたしの性器」。

黒田が詠んだその大和屋竺の「荒野のダッチワイフ」は、実に奇妙なピンク映画である。別題は「恐怖人形」。殺し屋のショウが、不動産経営の男から誘拐された恋人の救出を依頼される。西部劇のパロディのようなスピーディな筋書きと道具立てのクライマックス場面に、空気式のダッチワイフが登場するのみであるが、恋人を失った男の荒涼とした心理をシュールな展開で描いたこの前衛ピンク映画は、六〇年代安保闘争の世代のやるせない心象風景にピタリと重なったのかもしれない。大和屋竺は一九七六年には正面からダッチワイフを描いた映画「大人のオモチャ　ダッチワイフレポート」

の脚本も書いている。

最初に書いたように、オリエント工業が開発したシリコン成型のラブドールは、空気注入式のダッチワイフにつきまとっていたガジェット感を払拭した。手間がかかるうえに素材も高く、シリコンラブドールの初期の価格はとても一般向けの設定ではなかったが、徐々に価格が下げられ手の届かないものではなくなった。局部はもちろんだが、顔や乳房、鎖骨の微妙な陰影まで細部の造形にこだわったその完成度には、マニアックなファンもついていて、性愛のパートナーという目的以外に、観賞用として購入する者もいる。その完成度はもはや一級の工芸品の領域に入った。どの時代にも、一種の心の鏡として、女たちは傍らに工芸品の人形を必要としてきたが、本来は男のためのものであったラブドールが、いまやその役割をも果たしつつあるのかもしれない。

津原泰水の小説「恋は恋」（『たまさか人形堂物語』抄、二〇〇九年）の舞台は、そうしたシリコン成型によるリアルラブドールを描いた、現代の東京の物語である。主人公は祖母が遺した人形店を継ぐことになった。若き男性従業員の富永君が、友人からシリコンのラブドールを預かり、補修することになる。ラブドールはシリコンの亀裂などの補修が必要で「世話を焼く」必要があり、ラブドールと暮らす青年の愛情は、もはや現実の女性への恋と区別がつかないようにさえ見える。一方通行ではあるがそれは恋にちがいないのだ。かつて古代人がヒトガタに一方的に思いを託したように、人形は心を持つことはなくとも、心を受け止めることができるのだ。ヒトガタのみならず、往々にして一方通行である人間どうしの恋と、どこが違うのか。

木からビニールへ、そしてシリコンへと進化した等身大性愛人形の未来はどうなっていくのだろうか。一つには、近年急速に進化しているVR映像の技術と擬似身体の合体という方向がある。興奮やオルガズムを脳の中の出来事とするなら、この方向性が加速するだろう。脳のニューロンの発火に反応するAIの開発はすでに進んでいる。また現在のシリコンという素材から、より人間の身体細胞に近い新しい素材への移行も進むだろう。脳と身体の再生の精度を上げていく方向だ。

そしてやはり「心」の問題が残る。本書で取り上げた作品に共通するのは、身体の外部に心を取り出せるのか、心を作れるのか、という問題である。心が身体の外に独立してあるとしたデカルトの「心身二元論」は科学的に否定されて久しい。心は身体の外のどこにも存在していない。では身体の内に生成の場所があるのかといえば、これもいまだに、身体の（脳の）どこにも、心というもの生成のプロセスは見つかっていない。ないものを再生することはできない。それが近代科学の方法論からみた結論である。しかしそれも「いまのところは」という保留つきだ。何かまったく異なるものを介在して心がたちあがっていることが、いつか明らかになるかもしれない。短編「アリスマトニカ」ではそのような状況を仮想してみた。

それにしても等身大人形は、人間に近づけば近づくほどますます、生まれつき心を持ったイキモノである人間の奇妙さを照らし出す、じつにパラドキシカルな存在だ。心を挟んで人形と人間がみつめあっている。もしも未来の等身大人形が人間を超える要素があるとすれば、それは不死ということだろう。未来のダッチワイフたちは、不死のまま、いつか自らの身体に心が生成される日を待ち続けるのだろうか。パラドックスの終わる日を。

参考文献

落合京太郎「竹夫人とダッチワイフ」（「アララギ」七八巻三号、一九八五年）

オリエント工業 監修『愛人形 LoveDoll の軌跡～オリエント工業40周年記念書籍～』（マイクロマガジン社、二〇一七年）

高月靖『南極一号伝説』（文春文庫、二〇〇九年）

高月靖「ラブドール前史」（オリエント工業創業35周年時の冊子「オリエント工業の歴史」所収）

西堀栄三郎『南極越冬記』（岩波新書、一九五八年）

花咲一男『江戸雑談 大蛸に食われた女たち』（三樹書房、二〇〇七年）

早川聞多 監修『錦絵春画 錦絵誕生二五〇年記念』（平凡社、二〇一五年）

著者紹介

黒田和美（くろだ・かずみ）　一九四三～二〇〇八年
埼玉県浦和市生れ。早稲田大学教育学部卒。在学中「早稲田短歌」所属。卒業後、六九年創刊の「反措定」を経て歌作を中断。八八年、福島泰樹の「月光」創刊を知り再開、「月光の会」入会。歌集『六月挽歌』があり、跋文に自ら「かつて私の最も身近にいた者が大和屋の門下生であった関係から、私もまた大き な影響を受けていた」と記している。

角田竹夫（つのだ・たけお）　一九〇〇～一九八二年
東洋大学倫理学科卒。上宮教会清瀬療園に総務課長として勤務、日本療養所協会幹事も務めた。二一年頃から雑誌「日本詩人」「文章倶楽部」「詩神」等に詩を発表。二三年には同大学出身の勝承夫、岡本潤らと「紀元」を創刊した。短歌や俳句も作ったようだが、創作の中心は詩作であった。三二年に詩集『微笑拒絶』をなしているが、本書収載の「竹夫人」は未収録。俳人・角田竹冷の息子。

丸木砂土（まるき・さど）　一八九二～一九五六年
東京府東京市日本橋生れ。本名は秦豊吉。東京帝国大学法学部卒業後、三菱商事ベルリン支店に勤務。かたわらドイツ文学の翻訳を行う。帰国後の三一年、マルキ・ド・サドをもじった筆名「丸木砂土」で小説「半処女」を発表。以後、小説、随筆、翻訳等で活躍。レマルクの『西部戦線異状なし』、ゲーテの『若きエルテルの悲しみ』等の訳業がある。三三年に東京宝塚劇場に転じ劇場経営に関わる。五〇年に帝国劇場社長に就任。日本最初のストリップ「額ぶちショー」を始め話題を呼んだ。

井上友一郎（いのうえ・ともいちろう）　一九〇九～一九九七年
大阪府西成郡中津町生れ。本名は友一。早稲田大学仏文科卒。三一年、同人誌「換気筒」に発表した小説「森林公園」が川端康成に認められ作家を志す。卒業後は「人民文庫」に参加し「都新聞」記者を務めながら執筆を続けた。本巻収載の「竹生人」は戦争の影響下で執筆活動が困難になった時期の作。戦後に発表した「絶壁」では宇野千代・北原武夫夫妻との間にモデル問題が起こり、モデルと小説についての社会的議論を呼んだ。

大和屋竺（やまとや・あつし） 一九三七～一九九三年
北海道三笠市生れ。中学時代は画家を志し、看板描きをしていた映画館で映画に魅了される。五三年に一家で東京に移住。五八年に早稲田大学文学部へ進学、シナリオ研究会に所属。卒業後、日活助監督部勤務を経て若松孝二のプロデュースにより監督第一作「裏切りの季節」を発表。大型新人として注目された。本巻収載作の他「殺しの烙印」「毛の生えた拳銃」「愛欲の罠」等の代表作がある。映画の監督、脚本のほか「ルパン三世」等のアニメの脚本も多数執筆。没後、日本映画プロフェッショナル大賞特別賞受賞。

谷崎潤一郎（たにざき・じゅんいちろう） 一八八六年～一九六五年
東京府東京市日本橋区生まれ。東京帝国大学国文科中退。一〇年に第二次「新思潮」を創刊し「麒麟」「刺青」等を発表、永井荷風の激賞を受けた。早くから映画への関心があり、二〇年代前半には「アマチュア倶楽部」「葛飾砂子」「雛祭りの夜」「蛇性の婬」の脚本で映画製作に関わる。また、代表作「痴人の愛」や「細雪」等にも映画の話題が多く取り上げられている。四九年に文化勲章受章。晩年の代表作に「鍵」「瘋癲老人日記」等がある。

北岡虹二郎（きたおか・こうじろう）
詳細不明。高橋鐵の主催していた性風俗雑誌「あまとりあ」に、本巻収載の作のほか「掌にのる女」（五四年十二月）一作を発表している。

手塚治虫（てづか・おさむ）　一九二八～一九八九年

大阪府豊能郡豊中町（現・豊中市）生れ、兵庫県川辺郡小浜村（現・宝塚市）育ち。本名は治《おさむ》。大阪大学付属医学専門部卒。四六年「マアちゃんの日記帳」で漫画家デビュー。四七年、作画を担当した「新宝島」（酒井七馬原案）が大ヒット。日本のストーリー漫画の確立に尽力し、アニメーションの世界でも大きな業績を残す。代表作に「鉄腕アトム」、「火の鳥」、「ブラック・ジャック」等があり、アニメ化作品、受賞作等も多数。

業田良家（ごうだ・よしいえ）　一九五八年～

福岡県甘木市（現・朝倉市）生れ。西南学院大学法学部中退。八三年、「週刊ヤングマガジン」に「ゴーダ君」を発表し漫画家デビュー。「空気人形」以外の代表作に「自虐の詩」、「機械仕掛けの愛」等がある。二〇一三年に「機械仕掛けの愛」で手塚治虫文化賞短編賞、一五年に同作で文化庁メディア芸術祭マンガ部門優秀賞。「空気人形」は連作短編集『ゴーダ哲学堂　空気人形』の第四話にあたり、ダッチワイフの純は第一話「わたしを愛してください」にも登場する。

津原泰水（つはら・やすみ）　一九六四年～

広島県広島市生れ。青山学院大学国際政治経済学部卒。八九年、少女小説『星からきたボーイフレンド』（津原やすみ名義）でデビュー。九七年、現名義で幻想小説『妖都』刊行。二〇〇六年の『ブラバン』はベストセラーに。一一年『11 eleven』でTwitter文学賞国内部門一位。一六年『ヒッキーヒッキーシェイク』で織田作之助賞最終候補となる。本巻収載の「恋は恋」は『たまさか人形堂物語』の第二話であり、続編に『たまさか人形堂それから』（ともに文春文庫）がある。

初出一覧

巻頭短歌	「月光」第二次一四号	一九九四年九月
「竹夫人」（角田）	「日本詩人」五巻五号	一九二五年五月
「和蘭妻―ダッチ・ワイフ―」	「若草」九巻十一号	一九三三年十一月
「竹夫人」（井上）	「日本評論」十八巻一号	一九四三年一月
「青塚氏の話」	「改造」八巻九、十、十二、十三号	一九二六年八月～十二月
「人形はなぜ作られる」	「あまとりあ」五巻一号	一九五五年一月
「荒野のダッチワイフ」	「映画評論」二十五巻一号	一九六八年一月
「やけっぱちのマリア」	「週刊少年チャンピオン」	一九七〇年四月十五日～十一月十六日号
「空気人形」	「ビックコミックオリジナル」	一九九八年八月五日号
「恋は恋」	「Beth」三号	二〇〇七年四月
「アリスマトニカ」	本巻書下し	

・本書は、以下の単行本を底本とし、それ以外の作品にいては、右記の雑誌初出原稿を底本としました。黒田和美『六月晩歌』（二〇〇一年、洋々社）／手塚治虫『やけっぱちのマリア①』（一九九八年、秋田書店）／業田良家『ゴーダ哲学堂 空気人形』（二〇〇九年、小学館）／津原泰水『たまさか人形堂物語』（二〇一一年、文春文庫）

・加えて以下の単行本を参照しました。『谷崎潤一郎全集十四巻』（二〇一六年、中央公論新社）／『荒野のダッチワイフ―大和屋竺ダイナマイト傑作選』（一九九四年、フィルムアート社）

・詩歌は新漢字旧かな表記に、小説は新字新かな表記にあらためました。各作品とも、難読と思われる語にふりがなを加えました。今日では差別表現になりかねない表記がありますが、作品が書かれた時代背景、文学性と芸術性などを考慮し、底本のままといたしました。

・一部に著作権継承者が確認できない作品があります。お心当りの方は弊社編集部までご連絡下さい。

伴田良輔（はんだ・りょうすけ）

京都生まれ。上智大学外国語学部英語学科中退後、写真評論と美術評論を中心に活動。1986年『独身者の科学』でデビュー。以後、美術から数学、エロス、サイエンスまで幅広いジャンルを横断しながら、写真、版画、評論、翻訳、映画など多様な表現活動を行う。女性の身体に焦点をあてた写真集に『エロティッシモ』（1997）、『鏡の国のおっぱい』（2003）、『mamma まんま』（谷川俊太郎共著、2011）、『HIPS 球体抄』（2012）等があり、なかでも乳房写真集『BREASTS　乳房抄／写真篇』（2009）は特に大きな話題を呼んだ。2010年、等身大ラブドールをヒロインにした短編映画「アリスマトニカ」を撮影。

シリーズ 紙礫 11　ダッチワイフ　sex doll

2017 年 10 月 20 日　初版発行
定価　2,000 円＋税

編　者　伴田良輔
発行所　株式会社 **皓星社**
発行者　藤巻修一
編　集　晴山生菜
〒 101-0051 東京都千代田区神田神保町 3-10
電話：03-6272-9330　FAX：03-6272-9921
URL http://www.libro-koseisha.co.jp/
E-mail：info@libro-koseisha.co.jp
郵便振替　00130-6-24639

装幀　藤巻 亮一
印刷　製本　精文堂印刷株式会社

ISBN978-4-7744-0644-2